フランスは最高！

及川健二
OIKAWA Kenji

ぼくの留学体験記

花伝社

フランスは最高！——ぼくの留学体験記◆目次

目　次

第2部　初めてのフランス

第4部　絶対使える！　留学情報

＊本文中に「▼」とあるものは、そのホームページのＵＲＬを「ホームページ・連絡先一覧」に示してある。

序章　フランスに留学した理由

◆なんで留学？

「なんで、フランスに留学するのですか？」

私がフランス留学する決意を強く固め、準備し、フランス行きが決定してから、しばしば、同じ質問を繰り返し尋ねられてきた。この問いには、二つの意味合いが含まれている。ひとつは「なんで留学するの？」ということであり、二つ目は「留学するにしても、なぜフランスなのか」ということだ。一の質問はともかく、質問する人は皆、特に二の理由を強く知りたがった。それもそうだろう、生まれてこの方、私はフランス語などとは全く縁なく生活してきたし、留学準備のために勉強するまで、一度とてフランス語の学習に手をつけたことなどなかった。たいていフランス留学を志望する人は、少なくとも大学時代にフランス語を第二外国語として受講していた、あるいはＮＨＫのラジオ講座・フランス語を半年間やってみた、またはフランス文学科でフランス語をつかって勉強していた……という人たちであろう。自分と同時期に、フランス留学しようとしていた人たちが十人近くいたけれども、フランス語入門者は皆無であり、無謀ともいえる私の志望に、けげんな顔をされた。

私が留学を志したのは、日本を離れたい、新しい場所で新しいことに挑戦してみたい……という漠然とした思いからだった。自分の経歴を簡単にいうと、浪人もせず早稲田大学社会科学部に入学し、大学三年のときに就職活動をやってみたが肌にあわなかったので早々と諦め、早稲田大学社会科学研究科大学院に進学した。専攻は国際経営論だ。大学院に入ったのは、就職活動からの逃避だった。しかし、普通に修士課程に入れば博士課程に進学するのでない限り、一年もしないうちにまた就職という壁にぶつかる。このまま修士論文を書き上げて卒業するのではツマラナイ、もっと大きいことをしたいと思うようになった。大きなこととして思い浮かんだのは、海外留学だった。海外に行けば何か得られるのではないか、これまでと違う自分になれる、そんな期待感を持った。

早稲田大学には交換留学の制度があるので、それを利用してどこか外国に留学しようと考えた。とりあえず、指導教官に相談をしてみた。指導教官はフランスで長く学業生活を続け、フランスの国立大学で博士号を取得している。教官に聞いたところ、パリの国立大学は学費が安いし、教育環境も整っているからおすすめだ……とのことだった。が、しかし、私はフランス語に全く精通していないから、今からフランス語をはじめて準備していたら、ずいぶん時間がかかってしまう。フランス留学はほとんど不可能に近い、ならばアメリカに行くか、でも、交換留学の制度をつかったアメリカ留学は競争率が高いんだよなー、と仏留学をはなから諦めていた私に、指導教官が貴重な情報を提供してくれた。

「フランス大学でも、英語で学べる大学があるよ」

その情報を聞いたのが、二〇〇三年六月だった。私は早速、英語で学べるフランス大学の資料探しに奔走し始めた。

◆なんでフランス？

留学先としてフランスを選んだのには二つの理由がある。

第一の理由としては、フランスの国柄に興味があったことがあげられる。政治的に興味を覚えたのは、イラク戦争の折で、開戦前に国連でドミニク＝ドヴィルパン外務大臣（当時）が、イラク戦争の開戦を厳しく批判し、国連による査察の継続を強く主張した。フランスの外交は何も理想主義に立っているわけではなく、自国の国益を最大化しようとしてイラク戦争に反対したにすぎないという批判を知りながらも、世界でめずらしく敢然とアメリカ合州国（ＵＳＡ）に立ち向かう姿に感心させられた。日本の時の首相が、忠実にアメリカに追随してイラク戦争を支持していただけに、しかも、その理由ときたら、つきつめれば「アメリカがやる戦争なのだから、正しい」程度のものでしかないことが見え見えだったから、フランスの対照的な姿勢が新鮮に思えた。

どんな国柄なのであろうか、脱米的な振る舞いは如何にして形成されてきたのか、自分の目で見たくなったわけだ。

第二の理由としては、これまた単純な動機だけれども、フランス映画が好き……ということがあげられる。比較的近年の作品を立て続けに観ていて、特に『八人の女たち』で名を馳せたフランソワ＝オゾン（François OZON）監督にひかれ、『まぼろし』『クリミナル・ラヴァーズ』『ホームドラマ』という氏の作品には、快感を覚えた。日本ではオゾン作品として、ミュージカル映画の『八人の女たち』や、亡き夫の姿を追い求めさまよう veuve（日本語では、「未亡人」と訳される）を描いた『まぼろし』が代表作として知られているが、『クリミナル・ラヴァーズ』や『ホームドラマ』は、変態チックである。とくに、私は『ホームドラマ』をド変態・映画と呼んでいる。ストーリーは、一戸建てに住む妻・夫・高校生ぐらいの息子・二十歳過ぎの娘のありふれた家族が、パパがネズミを買ってきた日から急変する……というものだ。近親相姦や、同性間性交、乱交プレイ、ＳＭプレイが描かれる。清純な人ならば目を背けたくなる内容だろう。

◆一年八ヶ月の留学

私の夢は実現した。フランスに留学することができた。はじめは一年のみの滞在のつもりだった。しかし、フランスの魅力にハマり八ヶ月延長して、一年八ヶ月滞在した。

留学を終えたいま、はっきりいえることがある。

「フランスはおもしろい。パリってサイコーだ」

苦労もあり挫折もあったけれど、無事、フランス生活を大きな問題に巻き込まれることもなく、過ごせた。

この本ではフランスで暮らすコツやフランスの魅力を紹介するために、私の体験を紹介したい。一学生の留学体験記ではあるが、留学を志す人の助けになるように心がけて書いた。何かの手がかりになることを筆者としては願ってやまない。

第1部　留学の準備@東京

第1章　フランス留学への道

1　学校探し

◆フランス大学留学に関する書籍がなかった

フランスに行こうという漠然とした思いを得てから、まず手をつけたことは、学校探しであった。それを二〇〇三年六月頃から始めた。私の場合は、

①英語で学べる大学

②フランス語を学ぶ語学学校

の二つを探すつもりだった。

まず、大学探しから始めたのだが、驚いたことに日本ではフランスの大学留学について書かれた参考となる書籍は皆無であった。フランス語教育振興協会／エデュフランス日本支局の『フランス留学案内——大学留学』（三修社）が出たのは二〇〇五年四月のことだ。これは初めて、フランスの大学に留学する方法・手続きについて書かれたガイド本だ。同書が出るまでは皆、四

苦八苦して情報を集め、留学の手続きをしなければならなかった。

◆留学相談窓口・エデュフランス日本支局

留学情報を得るためにまず、フランス大使館のホームページを見た。『フランス政府留学局・エデュフランス』という文字を発見した。リンクが張られているのでクリック、エデュフランスのホームページに飛んだ。掲載されている情報全てに目を通した。エデュフランスは、フランス政府が留学生を多く受け入れるために各国に設置した機関で、フランス留学の利点などをホームページ等を通じて知らせたり、ホームページ上で留学に関する相談に乗ったり、入学手続き・受験手続きを代行する有料サービスを提供したりしている。

エデュフランスのホームページは充実しているので、留学を考えるならば、まずそこにアクセスすることをすすめたい。

『英語で学べる大学』という項目はなかったので、とりあえず、相談のメールを送った。

【私は現在、大学院修士一年生です。来年から一年間、フランスに留学したいと考えています。でも、フランス語はまだ入門程度しかできないので、英語で講義を受けられる大学を探しています。何か情報がありましたら、教えてください】

翌日に返信があった。

【相談にのりますので、都合のつく日時を教えてください】

と書かれてあった。日時を決め、東京日仏会館（ＪＲ飯田橋駅から徒歩五分）内にある事務所を訪れた。狭い事務所には日本人女性スタッフ一人と、フランス人男性スタッフが一人いた。二人で仕事を一手に、引き受けているようだ。

日本人女性スタッフと話したが、英語で学べる大学を十分に把握していない（その時点）という。そして、大学を探すのと同時に、どの課程で学ぶかも考慮しなければならないと、指摘された。

◆英語で学べる大学を見つけた

私はフランス留学するとしたら、早稲田大学の交換留学制度を利用しようと考えていた。早稲田大学は世界中の大学と協定を結んでいて、提携校への留学を奨励している。フランスでも二〇を超える大学・高等教育機関と協定を結んでいる。協定校の中に英語でも講義を受けられる大学があるかどうか探した。その結果、私立・リヨン経営大学▼、フランス国立パリ第九大学・ドーフィーヌ(Dauphine)に英語のコースがあることが分かった。指導教官に相談すると、ドーフィーヌは経済学・経営学に特化した名門校だと強く薦められた。そこで、同大学のホームページ▼を調べ、英語で受けられる科目は何があるのかメールで質問した。一ヶ月半後になって返ってきたメールには英語の講義科目が箇条書きされていた。

・戦略的経営論（Strategic Management）
・人事管理論（Human Resource）

・経営戦略論（Corporate Strategy）
・国際ビジネス倫理（International Business Ethics）
・国際消費者行動論（International Consumer Behavior）

リストを見て心が弾んだ。私が学びたい科目が並んでいる。ここに行こうと、決心は固まった。

2　留学先が決まる

◆「留学を受け入れる」とドーフィーヌから回答

さて、ドーフィーヌについて早稲田大学の担当事務所に聞きに行ったのだが、その年（二〇〇三年）の五月に提携を結んだばかりだから、細かい話は決まっていない、とのこと。二〇〇四年から留学できるのか否か、大学学部・大学院のどちらも留学可なのか、何人まで受け入れるのか、受け入れる上での条件は何かetc……、何一つとして把握していなかった。仕方ないので、ドーフィーヌの事務所に問い合わせてもらった。何日かして「先方から留学できるという返事がきた」との連絡を受けた。自分が早稲田初の留学生になるという巡り合わせに、運命的なものを感じた。指導教官に報告したら、「今後、留学が続くどうかは、及川君の成績に関わってくるわけだな」と、暗にプレッシャーをかけた。

二〇〇三年一二月に交換留学の試験があり、私は無事に突破し、留学が確定した。

◆リール政治学院の夏期コースにも受講決定

フランス留学が決まると、ひょんなことから、フランスの高等教育機関、グランゼコールの一つであるリール政治学院（Science Politique Lille）の夏季集中講座に参加しないかという誘いを受けた。リール政治学院から初老の男性と三〇代前半の女性のスタッフ二人が二〇〇四年二月下旬に来日して私の指導教官と会った。早稲田大学とリール政治学院は提携をむすんでいて、二〇〇三〜二〇〇四年、先方の学生が一人、交換留学制度をつかって早稲田大学で学んでいるという。しかし、早稲田からは未だに一人も、リール政治学院に行った人はいない。夏期講座に誰か参加する学生はいないか。教授にそう尋ねたという。

「ちょうど、いい学生がいますよ」

教授は私を推薦した。教授から電話があり、ことのなりゆきを説明された。私は滞在先ホテルに行き、スタッフ二人と面会した。

夏期講座は七月五日（月）から三週間、開かれるとのことだった。講義はすべて英語で行われるという。宿は先方が手配し、受講料はわずか三〇〇€（ユーロ）*（約四万三五〇〇円）だという。

＊　一ユーロが一四〇円から一六〇円程度。本書では、一ユーロ＝一四五円として円換算。

三種類のコースが用意されていて、

①ＥＵの政治と政策（Politics and Policies in the EU）

②ヨーロッパの戦略的課題（Strategic questions in Europe）
③ヨーロッパの比較政治分析（European Comparative Political Analysis）
というものであった。フランス語を学びたい人のために、フランス語講座も開くとのこと。申し込みの締め切りは五月末日。

リール政治学院のあるリール（Lille）という都市について、私はほとんど知らなかった。スタッフの説明で初めて、欧州議会によって毎年、選ばれる「欧州文化首都」（Capitale européenne de la culture）に、二〇〇四年はリールが選ばれたことを知った。選定された都市は一年を通じて芸術的な催しや伝統的な祭を開くなど大規模な文化事業をやる。

「あなたが早稲田大学から来る最初の学生になります」

最後にそう念を押された。「よく考えてからご返事いたします」と伝え、帰宅の途に着いた。ドーフィーヌの講義が始まるのは一〇月。リールの夏期講座に申し込めば七月初旬にはフランスにいなければならない。早稲田の大学院の講義は七月末まであるので、指導教官の了解を得た上で、締め切りの三週間前に私は応募した。

第2章 フランス大学の仕組み

1 フランス留学のメリット

◆大学は学費がタダ

「フランス国立大学の年間授業料はタダである……」そういうと、皆、一様に驚く。

「でも、フランス人だけ無料で、外国人からは授業料をとるんでしょ？」

そんなことはない。フランス人大学生と同様、外国人大学生の学費もタダだ。年間登録料として一八八ユーロ（約二万七〇〇〇円）を支払うだけでいい。二万七〇〇〇円といえば一ヶ月の学費でも安い方である。

ヨーロッパでは大学の学費がタダという国は少なくない。アメリカの大学では授業料が年間二〇〇～三〇〇万円くらいかかるから、節約した生活をすればその学費だけで、パリで一年間、学生生活をおくることができる。

◆英米圏では得られない体験

英米圏で得られない体験をフランス留学では得ることができる。主に四点あげられる。

まず、学費が安いため金持ちでない外国人にも留学する機会が与えられている。

アメリカの大学に留学できる外国人は金持ちやエリートが多く、そこで交流できる人々は、世界のある特定の層に限られる。学費がタダのフランスやドイツのほうが、より広い層の人々と知り合う機会が持てるといえよう（もちろん、大学によって層は異なるとはいえ）。

私が学んだパリ第九大学・ドーフィーヌの修士課程では、在籍したクラスの三〇〜四〇％がフランス人で、あとは外国人学生だった。交換留学制度をつかって同大学に留学する日本人学生は私が初めてであり唯一だった。正規に在学している日本人は数人いるという。

芸術・文学・音楽・服飾・料理関係だったら日本人は少なくないのだが、政治・経済・経営の分野でフランス留学を志す人は稀だ。同分野であれば、日本人は稀少なため重宝される可能性もある。

第二に、フランスから外国に行くのは容易だ。ベルギー、ルクセンブルク、ドイツ、イタリア、スイス、スペイン、アンドラの七ヶ国にフランスは隣接しており、バスやＴＧＶ（新幹線）で容易に外国へ行ける。パリからロンドンへは新幹線で約三時間、アムステルダムには四時間、ブリュッセルには一時間半で行ける。飛行機をつかえば、アフリカ大陸に三時間余りで上陸することができる。欧州諸国なら飛行機に三時間も乗ればどの国にも行くことができる。航空業界の競争は欧州連合の拡大に伴い激化し、欧州内であれば格安で外国旅行できるようになった。フランスにいれば、いろんな国に行くことができる。これはフランス留学の魅力の一つだ。アメリカ留学だったら、外国に行く機会は少ない。

アフリカ大陸ではフランス語が通じる国が多いので、フランス語を習得すれば、アフリカ旅行を思う存分楽しむことができる。私は留学中に北アフリカのチュニジアへ行った。現地の人とフランス語で会話できるので、とても楽しかった。アフリカ以外にも、ヨーロッパではベルギーやスイス、北米のカナダ、太平洋にちらばる旧フランス植民地だった島々でフランス語が通じる（表1）。英語で通じるのとはまたひと味ちがう、文化の香り高いコミュニケーションが楽しめるだろう。

第三に、フランスでは英米とは違った物の見方を学べる。一つの例としてイラク戦争をあげよう。アメリカでは国民の多数が開戦を支持したのに対し、フランスでは九〇%の国民が開戦反対だった。フランスでは英米流のやりかたを「アングロ・サクソン流」といい、軽蔑する。自分たちには彼らとは違った文化・政治・社会があるのだと自負している。日本にいると、アメリカ発の情報が多く、アメリカ文化にまるで占領されているかのような状況だ。

第四に、フランスは食事が美味しい。英米両国とも食事のまずさ・貧しさで有名である。食は生の基本だ。充実した食生活をすれば、自ずと生活も充実する。

表 1 フランス語が通じる国・地域

	国・地域	フランス語以外の言語
アフリカ	アルジェリア	アラビア語、ベルベル語
	ガボン	
	カメルーン	英語
	ギニア	
	コートジボワール	
	コモロ	アラビア語、コモロ語
	コンゴ共和国	
	コンゴ民主共和国	キコンゴ語、リンガラ語
	ジブチ	アラビア語
	セイシャル	英語、クレオール語
	赤道ギニア	スペイン語、ブビ語
	セネガル	ウオロフ語
	チャド	アラビア語
	チュニジア	アラビア語
	中央アフリカ	サンゴ語
	トーゴ	
	ニジェール	ハウサ語
	ブルキナファソ	
	ブルンジ	キルンディ語
	ベナン	
	マダガスカル	マダガスカル語
	マリ	バンバラ語
	モーリシャス	英語、クレオール語
	モーリタニア	アラビア語
	モロッコ	アラビア語
	ルワンダ	英語
	マイヨット島	アラビア語
	レユニオン	
ヨーロッパ	アンドラ公国	カタルニア語、スペイン語、ポルトガル語
	スイス	ドイツ語、イタリア語、ロマンシュ語
	バチカン市国	ラテン語、イタリア語
	ベルギー	オランダ語、ドイツ語
	モナコ	
	ルクセンブルク	ルクセンブルク語、ドイツ語
北米	カナダ	英語
	ハイチ	クレオール語
	グアドループ島	
	サンピエール島・ミクロン島	
	マルチニーク島	
南米	仏領ギアナ	
大洋州	バヌアツ	ビスラマ語、英語
	仏領ポリネシア	
	ニューカレドニア	
	ワリス・フテュナ諸島	

◆日本人がフランス大学に入るために必要な九つのこと

フランスの大学に入る方法はフランス語教育振興協会他『フランス留学案内――大学留学』（三修社）で詳しく述べられている。ここではまず、大学の第一課程（日本でいう学士課程）の入り方を紹介する。九つのプロセスが必要になる。

①出発する前年の一一月に仮入学願書を手に入れる。在日フランス大使館に直接、もらいに行くか郵送してもらい手に入れる。大使館は有栖川公園やドイツ大使館の近くにある。地図が大使館のホームページ▼に出ているので、そちらで確認していただきたい。

②第一希望大学と第二希望大学を記入する。ただ、パリ、パリ南東のクレテイユ、ヴェルサイユの三つの大学区からは一つの大学しか選択できない。パリの大学に行きたいのであれば、第一志望のみ申請できるわけだ。

③仮入学願書に必要事項を記入して、その他の必要書類と共に一月三一日までに第一希望の大学に郵送するか、大使館文化部に提出しなければならない。

④仮入学願書を提出すると、フランス大使館からフランス語能力検定試験の案内が送られてくる。その指示に従って受験する必要がある。理工系と文系では問題が異なる。

⑤フランス大使館が受理した仮入学願書とフランス語能力検定試験の成績を第一希望大学に送付する。

⑥四月一五日以降、第一希望大学から合否の結果が通知される。
⑦入学拒否の場合、第一志望大学は仮入学願書とその他書類を第二志望大学に送付する。
⑧五月一五日までに第二希望大学から本人宛に合否の連絡が来る。
⑨七月三一日までに学生本人が入学許可通知を受理したこと、入学する意志があることを記した確認の手紙を、受け入れ大学に送る。

そして、九月までにフランスに行き、正式の入学手続きを行う必要がある。以上が入学までの流れだ。

2　バカロレア

◆卒業資格と大学入学資格を兼ねる

日本には大学に入るためには、私立大学であろうと国立大学であろうと、入学試験を突破しなければならない。国立大学であれば、センター試験・二次試験を受け、合格した者のみが学部に入学できる。

フランスでは社会党のフランソワ=ミッテラン氏が一九八一年に大統領に就任してから、大学入試制度が廃止された。その代わり、高校生は三年生になると全国共通国家試験・バカロレア

(Baccalauréat) を受けなければならない。BAC《バック》と略されることもあるこの制度は高校卒業資格と大学入学資格を兼ねる全国共通国家試験で、数日に渡って行われる。六月初旬から全国で一斉に実施されるため、その前になると高校生は受験生のようにひたすら勉強するようになる。一般大学に進む人には、文系コース、社会・経済系コース、理系コースがあり、すべてのコースにおいて国語、数学、哲学、地理、歴史、第一外国語、体育は必須である。更にコースによって化学、生物学、第二外国語、もしくは芸術史、音楽、美術が要求される。

問題は地方別に異なるが、日程は全国共通である。そして試験会場については召喚状が国から各生徒の下へ送付される。

合格率はどれくらいか。九八年の合格率は七八・八%で、四八万人が大学入学資格を取得した。近年のバカロレア合格率は八〇%前後で、二〇〇五年は八〇・二%だった。

◆大学システムは欧州基準へ改革

さて、高校を卒業したあとに入るフランスの高等教育機関は、三つのタイプがある。

①大学 (Université)
②グランゼコール (Grandes Ecoles)
③高等専門学校 (Ecoles spécialisées)

である。大学は国立大学が九割だ。

②のグランゼコールはエリート養成機関で、入学するには難易度の高い選抜試験に合格しなければならない。代表例は国立行政学院（ENA《エナ》）で、ここは政治家・官僚・企業トップを輩出する名門中の名門として知られ、高等教育機関で最高峰にあたる。フランス人の知り合いによく、「国立行政学院の知り合いはいる？」と聞くと、「ノン」という答えが返ってくるのが常だった。フランス庶民がENA出身者と知り合う機会は、そうはないようだ。

③の高等専門学校は、日本の専門学校のようなものだ。

フランスの大学に入学したあとの課程についてだが、ごく最近まではフランス独自の課程だったのが（たとえば学士は二年間だった）、欧州標準に教育課程は代わった。新しい制度では学士課程が三年、修士課程が二年、博士課程が三年となっている。

3　グランゼコール

グランゼコールとは何か？　一言でいえば、エリート養成機関である。

グランゼコールには国立、私立が存在し、フランス独自の教育機関として名高く、入学するには難易度の高い選抜試験に合格しなければならない。

官僚のみに限らず、高いレベルの技術者や経営者など産業界を担う人材や、芸術、文学、人文科学の専門家を養成する。

グランゼコールの卒業生は、就職において需要も高く、世界的な評価を得ている。二年間のリセ準備学級（または予備校）の後、厳しい選抜試験を経て三年制課程に入学するのが典型的な入学スタイルだ。グランゼコールには表2のような学校がある。

◆理工科学校、高等師範学校、国立行政学院は超有名

グランゼコールの中でもとりわけ難関で有名なのが理工科学校、高等師範学校、国立行政学院の三校だ。高等師範学校は一七九四年一〇月三日に国民公会（国会）によって設立された由緒正しき学校で、パリ市内に一校、パリ郊外のキャシャンに一校、リヨンに二校存在する。実存主義の思想家として知られるジャンポール＝サルトルや現象学の哲学者として知られるモーリス＝メルロ＝ポンティをはじめとする作家・思想家を多く輩出している。フランソワ＝ミッテラン前大統領の婚外子・マザリーヌ＝パンジョウさんも高等師範学校の出身だ。

さて、次に理工科学校（エコール・ポリテクニック）は、バレリー＝ジスカールデスタン元大統領や極右政治団体『共和国市民運動』の党首・ブルノー＝メグレ氏の出身校として知られている。国立行政学院（ENA《エナ》）は、高級官僚や政治家、企業経営者をめざすグランゼコール卒業生らが入る特別な学校として知られている。同校は一九四五年にシャルル＝ドゴール首相（当時）の手によって創られた。フランス高等教育機関の頂点に君臨する超エリートの最終学校といえるもので、卒業生はエナルクと呼ばれる。ジャック＝シラク前大統領やドミニク＝ドヴィルパン前首

表２　おもなグランゼコール

国立行政学院	ENA; École nationale d'administration
高等師範学校	École normale supérieure
理工科学校	École polytechnique
国立古文書学校	École nationale des chartes
高等商業学校	HEC; École des hautes études commerciales
パリ高等商業学校	ESCP-EAP;École Superieure de Commerce de Paris
高等商業学校	ESSEC; École Superieure des Sciences Economiques et Commercials
パリ政治学院	Science-po; Institut d'études politique de Paris
中央学校	EC; École centrale (Paris, Lille, Lyon, Nantes, Marseille)
パリ国立高等鉱業学校	École nationale supérieure des Mines de Paris
高等電気学校	Supélec;École supérieure d'électricité
国立土木学校	École nationale des ponts et chaussées
国立高等情報通信学校	Télécom Paris;École nationale supérieure des télécommunications
国立高等農学院	Établissement National d'Enseignement Supérieur Agronomique
工業物理化学高等学校	École Supérieure de Physique et de Chimie Industrielles
サン＝シール・コエトキダン陸軍士官学校	Écoles militaires de Saint-Cyr Coëtquidan
海軍士官学校	École navale
空軍士官学校	École de l'air

相、野党・社会党のリヨネル＝ジョスパン元首相、一九九七年六月から一〇年間、社会党第一書記（党首）を務めたフランソワ＝オランド下院議員、二〇〇七年社会党大統領候補・セゴレーヌ＝ロワイヤル氏など数多くの政治家がエナルクだ。ロワイヤル氏とオランド氏は同級生で、エナ時代に知り合い同棲を始め、二人の間には四人の子どもがいる。野党のトップであったオランド氏と政府のトップであったドヴィルパン前首相も同じクラスだったことがあるというから、政界は狭い世界なのである。

◆グランゼコール卒業生は現代の貴族

名門グランゼコールの卒業生と一般の大学の卒業生は社会的に厳然と区別されている。貴族制度がなくなった現代のフランスで、新しい社会階級（レジーム）を形成しているといえる。教育システムもエリート養成にふさわしいものとなっている。

たとえば、理工科学校は一学年にわずか四〇〇人の学生しか存在しない。全寮制学校で二年間、数学・物理・化学・生物などの基礎科学を学ぶ。文学、哲学、経済学、体育なども重要科目だし、選択科目として日本人講師による日本語の授業も行われている。卒業生は公務員か研究者になるか、民間の大企業に就職する。

高校三年の終わりにバカロレアを受けて合格した人のうち、理工科学校をめざす学生は毎年、一万二〇〇〇人～一万三〇〇〇人いるという。こうした学生は高校卒業後に準備学校に進む。そこで二年間、高等数学や特殊数学、物理などを学ぶ。この二年間で学生はふるいにかけられる。理工科学校の選抜試験にたどり着ける者は準備学級に入った中の四分の一であり、三〇〇〇人程度に絞り込まれる。

選抜試験の科目は、フランス語、化学、物理、数学などで、一週間の筆記試験の後に口頭試問が待ちかまえている。体育の試験もある。

こうしたエリート校に行く生徒は通う高校から一般の学生とは異なる。有名高校に入学することが必須だ。

パリ郊外を中心にして移民二世・三世が二〇〇五年秋に激しい暴動を起こしたが、移民系住民が多く住む郊外の地域にある高校からグランゼコールに行く生徒はまずいないといっていい。

恵まれた家庭環境で育てられた子どもが名門高校に進学し、グランゼコールに行くのが現実だ。新しい貴族制度と呼ばれる所以である。

◆日本からグランゼコールに入る方法

では、日本からグランゼコールに留学するにはどうすればよいのか。

日本人学生がフランス人と同じ試験を受けて正規に入学することは不可能に近い。ただ、グランゼコールには日本の大学と提携を結んでいるところがある。

たとえば、早稲田大学は以下のようなグランゼコールとの間に交換留学制度を設けている。

・フランス高等師範学校
・カシャン高等師範学校
・パリ政治学院
・リール政治学院
・グルノーブル政治学院
・レンヌ政治学院

また、官庁からグランゼコールに留学するという制度もある。公務員になって外務省に入り、国立行政学院(ENA)に行くなど一つの手だろう。自由民主党の片山さつき衆議院議員は旧・大蔵省の時代に国立行政学院に留学した。彼女はフランス語が堪能で、日本の要人がフランスに来ると彼女が通訳を務めたという。もちろん、グランゼコールに入るためにまず公務員になるという人はいないだろうけれど。

第3章　アテネ・フランセ

1　フランス語入門

◆前舌、後ろ舌、開口度？　なんのこっちゃい。フランス語の独学を断念

　フランス行きの準備を着々と進めていた私だが、フランス語学習にはまったく手をつけなかった。

　大学では講義を英語で受けるとはいえ、まったくフランス語ができないのであれば、日常生活に支障をきたす。ある程度は日本で学習していかなければならない。だが、フランス留学が正式に決まるまで、私はフランス語の学習を始めないつもりでいた。留学できなかったら、勉強に割いた時間はムダだったと後悔すると思ったのだ。だから、語学学校にも通わず、フランス人に個人指導してもらうということもしなかった。

　ただ、少しだけ試しにやってみようかという気になり、二〇〇三年一〇月から始まるNHKラジオのフランス語・入門向け講座にあわせて、テキスト・CDを購入し、毎日、少しずつ勉強し

た（ＮＨＫラジオ講座は、フランス語の場合、入門者向け講座は四月と、一〇月にスタートして半年で終わるようになっている）。ＣＤに合わせて何十回も発音を真似て繰り返す作業をひたすら続けたのだが、どうも「身に付いた」という実感が得られない。英語ができればフランス語も楽勝だろう……という安易な考えで始めたのだが、発音・イントネーションがだいぶ異なる。Ｒ《エル》の発音が日本のラ行の発音でも英語のＲ《アール》の発音でもないことに、まず驚きを覚えたし、英語と同じ／近い綴りの語が、異なる発音でなされることもビックリだった――たとえば、grammaire（グラメール＝文法）、prononciation（プロノシアシオン＝発音）、exercice（エグゼシス＝練習）など――。

英語にはない音をいくつも耳にしたので、それはどのように発声されるのか、フランス語の入門書をひもといて調べた。そこには、「開口度」「前舌・後ろ舌」という語が出て解説されていたり、口腔の図（口の中の断面図）を用いて、舌の位置・音を発声させる位置などが説明されていたりした。「口腔度、前舌、後ろ舌……？　なんのこっちゃい」という感じであった。文法事項についていえば、ＮＨＫテキストはだいぶ簡略化されていて、全くの初心者には理解しがたい。

私は壁に突き当たり、独学を諦めた。

◆アテネ・フランセへ通うことに決めた

一二月に留学が決まったので、二〇〇四年一月から語学学校に通うことにした。歴史ある学校が無難だろうと思い、フランス政府関係のイベント会場になることが多い東京日仏学院か、一九一三年に創立された伝統あるアテネ・フランセにしようか迷った。一月から始まり三月で終わる入門講座で、大学院の時間割・アルバイトのローテーションに合うのは、アテネ・フランセの講座（二時間×週二回）だった。一二月下旬、アテネ・フランセ事務所で入学金・講義料を支払い、申し込みの手続きを終えた。

二〇〇四年の正月をみずみずしい心持ちで迎えた。

いままで一度たりとも足を踏み入れたことのない国へ渡る自分を想像すると、身の引き締まる思いであった。

渡仏まで半年。自分に残された時間は一八三日。この期間でいったいどれだけのことをやれるかは分からないが、超集中してやればフランス語も日常会話程度は身につくであろう。私はずいぶんと楽天的だった。

そして、一月の第二週から、アテネ・フランセのフランス語・入門科講義が始まった。

講師は早稲田大学政経学部でも教壇に立つ大善《だいぜん》哲郎先生だった。

テキストは、アテネ・フランセが作成したもので、全面フルカラーで挿絵もついている。日本人旅行者がフランスに行ったという設定で、一二課からなる。バス乗車、ホテルのレストラン、ホテルカウンターetc、いろいろなシチュエーションでの会話がそれぞれの課で書かれ、関連した語彙、文法、練習問題を学習する仕組みになっている。

三月の入門科・最終講義で講師から、入門科後に設定されているアテネ・フランセの講座について説明があった。もっとも惹かれたのが、一日七時間×週三回の『サンテティック』(Synthétique)であった。サンテティックとはフランス語で「総合的な」「総論的な」を意味する形容詞だ。

四月から始まり七月で終わるのだから、留学前の三ヶ月間、集中してフランス語漬けになれる。この講座を受けるには、事前に説明会に参加することが義務づけられており、私は三月の土曜日夕方に、参加した。定員が締め切りに達するまでつづけられる説明会には、四〇人ほどの人が参加していた。講師の説明によれば、週三回（月水金）あるこの講座は、朝九時五〇分から始まり、夜まで講義が続くという。時間割を見ると、朝一〇時から一七時二〇分まで……ということになっているのだが、時間はそれよりも延長され、ときには一九時を過ぎることもあるという。一日七時間以上、講義をやるのだから一日たりとも欠席はゆるされない、どうしても欠席する場合は必ず、サンテティック研究室に連絡しなければならない、毎回宿題が課され一学期が終わる頃には、その宿題の束は辞書並みの厚さになるという。脅しともとれるこの説明で私はめげるどころか、留学前の三ヶ月間、みっちり勉強するにはいい機会だと思い、すすんでこの講座に参加することを決断した。

2　サンテティック――一日一〇時間×週三回、怒濤の猛特訓コース！

そして、私は四月一四日から七月二日まで、アテネ・フランセの伝統ある『サンテティック』の第一課程を受講した。同講座は他に第二課程・第三課程があり、第三課程まで行くと、めでたく終了となる。

◆アテネ・フランセの歴史と知恵が凝縮された秘伝の講座

アテネ・フランセの入門者向けの講座が終わり、サンテティックが始まるまで、二週間あった。私の誕生日は四月一四日なのだけれども、ちょうどその誕生日が授業開始の日であった。すごく苦労するというよりは、歯ごたえある講座を毎日、楽しめるのだろうと、講義の開始を心待ちにしながら、二週間過ごした。まあ、その期待は大外れだったのだが。

私はこれからサンテティックというのがどのような講座であるかを説明する。おそらくこれは、サンテティックから生還した受講者による初の体験ルポルタージュであろう。この講座はアテネ・フランセが長年培ってきた知恵と技法が凝縮されており、フランス語力を徹底的に鍛え育む王道である。しかし、授業の中身はこれまで秘密のベールで覆われており、どのような講義内容であるか明らかにされてこなかった。同講座の授業は火を吹きたくなるような刺激に満ちたものだった。

一日、一日の講義が宝石のように貴重であり、日本人の弱点を知り尽くした講師陣との知的勝負が日々行われた。やったとしてもフランス語力がつかないような無駄な作業もなければ、考える必要のない無意味な問題もない。同講座には受講者の血肉となる栄養がぎっしり詰まっている。同講座は日本で、フランス語を極めたい人にとって、もっとも知的興奮を味わえるものであろう。

サンテティックの秘伝をここで紹介するのは、フランス語で躓いている人たち、あるいはこれからフランス語を習得しようと思っている人たちに、どうすればこの難しい言語を習得できるか……その王道を伝えたいからだ。「地獄」「鬼」「非人道的」と評されることもあるサンテティックの実態をこれから披露しよう。

◆**地獄の講座『サンテティック』のテキスト**

サンテティックの初日・二〇〇四年四月一四日、三〇余名の学生が時間通りに集った。定員三〇名を幾人か受講者は上回った。

サンテティックで主につかうのは、

①『フランス語&フランス文明教本Ⅰ』(Cours de Langue et de Civilisation Françaises I)

②『覚え書き』(Mémento《メマント》)

③『文法書』(Grammaire《グラメール》)

④『フランス語の発音』(Prononciation du Français)

という教科書・参考書である。

メインとなるものが、一九六九年に初版が出版された全文フランス語のテキスト『フランス語&フランス文明教本I』だ。講義中では、著者の名前をとって、『モージェ』(Mauger) と呼ばれる。近年のフランス語教科書は、フルカラーで写真・イラストがふんだんにつかわれていて、トピックもインターネット、Eメール、ネットショッピングなど最新の話題が取り上げられているが、この教科書はガンコ一徹、モノクロで字がぎっしり詰まっている。話題も一九六〇年代のまま、カナダからフランスへの移動は飛行機ではなくもちろん船……、先代の味を守り続けるガンコな煎餅屋といった感じの教科書だ。
②の『覚え書き』(Mémento《メマント》) は、アテネ・フランセのサンテティック研究室が作成・発行したもので、『モージェ』の解説がすべてフランス語で書かれている。イラストは一切なく、レイアウトはワープロでつくったようなちゃっちさだが、中身はぎっしり。
③の『文法書』(Grammaire《グラメール》) はアテネ・フランセが作成・発行している煉瓦色の表紙のテキストだ。これもイラストなど余分なものは一切なしの一昔前の古めかしいレイアウトだ。

アテネ・フランセ「サンテティック」教科書。通称『モージェ』

④はクリーム色の発音教則本だ。発声の仕方が口腔の図を用いて解説され、「狭窄《きょうさく》子音」「両側外破」「鼻子音」など専門用語がズラリと並び、一音一音の正確な発声法が事細かに解説される。

『サンテティック』の教壇に立つのは、

①アテネ・フランセ講師

②助手

である。アテネ・フランセ講師というのは、そこで専属ないし規則的に働いている人たちだ。第一課程では延べ七人の講師（日本人六人＋フランス人一人）に習った。

助手というのは、サンテティック（第一課程・第二課程・第三課程）を卒業したが、しかし講師にはまだなっていない人たちで、バイトで働いている。将来、正規講師をめざす人もいれば、一時のアルバイトとしてやっている人もいる。年齢は私がみた限り、二〇代半ば・後半の人が多かったように思う（といっても、本人から直接、聞いた分けたわけではないので、私の推測）。助手の仕事というのは、宿題の添削であったり、試験監督であったり、発音矯正の手助けだったりする。一日、一〇人近くかそれ以上の助手が、待機する。

◆**手鏡で口の形を確認し、文字は見ない。板書は発音記号のみ**

サンテティックでは、地下一階にある二つの教室を使用する。一つがメインの教室で、教室にはテレビが三つあり、それぞれの机にはテープの録音機・イヤホン・マイクがついている。ここの教室では教壇に講師が立ち、生徒はマイクとイヤホンを身につけ、テープで流されるフランス語を一文一文聞く。教科書を見ることは厳しく禁じられる。理由は、文字に頼らないためだという。私たちは聞こえた音を聞こえたとおり発することが求められた。文字のかわりに、テレビの画面に絵（イマージュ）が映し出され、それが会話で何が取り上げられているかを知る上でのヒントになる。たとえば、鳥が出てくる文章では鳥の絵が映し出され、定規が出てくる文では定規の絵が映し出される。そして、テープで流された文章を、みなで繰り返す。

講義で特徴的なのは、〝手鏡〟をつかう点だ。講師が発音指導の際に、口の形や開け具合(開口度)、舌の位置（前舌か後舌か）などを指示するのだが、正しい形になっているか鏡をとおして確かめるようにいわれる。そして、その正しい形を覚えて、家で練習するよう指導される。

初日の講義では、「これは何ですか？」(Qu'est que c'est?《ケスクセ》) という文章がまず、取り上げられた。三〇名の生徒が全員、この文章を繰り返し復誦させられた。生徒はイヤホンからテープの音と教師の声と、指された受講生の声、そして自分の声を聞くようになっている。指された生徒の声は、皆が聞くことになるのだ。それを三〇名分、やった。その際に、教師がひとりひとりの発音にコメントし（口の開け方が小さいとか、舌が後ろにいっているとか）、発音を矯正した。

このシステムの利点は、他の学生の失敗、そしてそれを教師が矯正するやりとりを聞くことにより、日本人が苦手とする発音とその克服方法が分かるということだ。まさに、「人の振り見て我が振り直せ」という格言の通り。

講師の仕事は主に、

①テープを流す。テレビの画像を入れ替える。
②受講生を指す。質問する。
③受講生の発言に、コメントする。
④黒板に発音記号を書く。
⑤単語・文法の説明をする。

というものである。

受講生を指して、テープで流れた言葉を繰り返させることもあれば、文中に出てきた動詞の活用（肯定形・否定形・疑問形）を暗唱させたり、文中に出てきた単語の品詞（nature）と職能（fonction）を答えさせたりする。活用で失敗（覚えていなかったり、言い間違いをしたり等）すると何のコメントもなく冷たくあしらわれ、次の受講生にあてられることもあった。

特徴的なのは、発音記号のみを講師が板書する点だ。単語のつづりを書くことは、滅多にない。これも、「音声第一」から来るものなのだろう。

◆発音矯正、書き取り、試験、活用の練習、教科書の音読など盛りだくさん

これまで説明した講義が核となる。もう一つの教室は、大学の小さな教室のようで黒板がありその前に教壇があり、生徒の椅子が三〇席ほど用意されている。教室中にテープの音が流れる設備がついている。そこには、生徒用のイヤホンやマイクはない。スライド式の機械がつかわれ、絵（イマージュ）が黒板に映し出され、テープを聞いてそれにあわせて皆で発音する。このメインの講義以外には、

①発音矯正
②ディクテ（Dictée 書き取り）
③エグザマン（Examen 中間試験）の予行演習と答え合わせ
④エグザマン
⑤活用の練習
⑥教科書の音読
⑦宿題の答え合わせ
⑧暗記の確認

等があった。

①の発音矯正は日に二回（午前・午後、一回ずつ）あり、講師が発音の仕方を説明した後で、助手・講師が受講生一人一人について、課題の発音ができているか否かチェックされ、できていない場合はできるまで矯正される。②のディクテ（書き取り）は日に二〜三回あり、助手が読み

上げた文章やテープで流された文章を書き取ったり、あるいは動詞の活用を書いたりする。一回一〇分ほどの小テストだ。

朝九時五〇分から一〇時まで助手の指示によって、宿題の答え合わせ・活用の練習などがなされる。③のエグザマンの予行練習というのは、エグザマン（中間試験）が実施される前に類似のプリントが宿題として出され、それを答え合わせする。その日の最後にこれをやる。④のエグザマンは、おおよそ、週一回のペースであり、三〇〜四〇分の制限時間内に回答しなければならない。一週間のうちに習った事柄を復習するもので、添削・採点された上で、返却される。⑤の活用の練習というのは、皆一緒に動詞の活用を暗唱することで、⑥の教科書の音読も皆で一文一文、テープの後についで暗唱することだ。

⑧の暗記の確認というのは、教科書『モージェ』の一章を毎回、暗記するように指示されるのだが、それを助手・講師が昼食時間に一人一人に諳《そら》んじさせ、発音の指導をするというものだ。この宿題が私にとって、もっとも苦労を強いるものだった。五〜六時間かけて練習して一章を暗記したのに、途中、忘れてしまい叱咤されることがままあった。

◆**発音練習、教科書の本文写し、練習問題など山ほどの宿題**

一日のタイムスケジュールはその日によって変わる。昼食時間も日によってまちまちだ。サンテティックでは、五分の休憩時間が数回あり、二〇〜二五分の昼食時間が一回ある。ただでさえ、わずかな昼食時間なのに、その間に教科書を諳んじさせるのだから、日によってはほとんど、食事する間もないこともあった。「拷問に近い」と陰口を叩かれるのにも一理ある。

さて、サンテティックで欠かせないのは、山ほどの宿題だ。一日の講義が終わった後に、指示書なるものと宿題のプリント、教科書の文章等が吹き込まれたカセット・テープ（毎回、空のテープを持参し、そこに録音される）が配られ、指示書にはこなさなければならない宿題が書かれてある。その量は膨大であり、一回の宿題につき、五～六時間程度の時間を要する。教科書暗記がままならない人は、さらに時間をかけなければならず、講義がない日もけっきょくは、フランス語に漬からざるを得ない状況にさせられる。

宿題は主に、

①発音の練習
②教科書の本文写し・発音記号写し
③練習問題 Exercice
④会話 Conversation
⑤課題 Devoir
⑥動詞の活用
⑦教科書の暗記

⑧宿題の直し
⑨総提出

があった。

①の発音練習は、自宅で手鏡をつかいながら、口の形・舌の位置を確認しながら、発声する練習である。発音練習・教科書の暗記以外の宿題は、ルーズリーフなどに書いて提出する。

②の教科書本文写しは本文を写すだけでなく、本文の下に発音記号も写さなければならない。一ヶ月目の半ばぐらいまでは、『覚え書き』に載ってある本文の発音記号を写せばよいのだが、それ以降は『覚え書き』には発音記号の記載がなく、自分で熟考して発音記号を書くことになる。綴りと発音記号の規則性を二ヶ月かけて暗記させられるので、こんな芸当もできるようになる。否応でも、発音記号に慣れ親しむことになるのだ。

③はその日に習った文法事項を、練習問題を解きながら復習するもの。

④はテープに吹き込まれている会話（質問・答え）を書き取る。

⑤はB４のプリントで品詞・用法等をフランス語で説明するというもの。

⑥は毎回、教室の外に黒板が何枚も並び、そこには動詞の活用と発音記号が記されている。それをノートにうつして家に帰り、自宅でレポート用紙に写し提出することになる。あわせて、何も見ないで口頭で、活用を述べられるように指導される。

⑦の暗記は先に述べたとおりで毎日一〜二章、『モージェ』を暗記させ暗唱させる。

⑧では、提出した宿題は助手の赤ペン添削を経て返ってくるのだが、そのミスを訂正して再提出しなければならない。再提出もまた添削され、ミスがあれば再々提出が課され、間違いが完全に直されるまで、提出し続けることになる。

⑨の総提出というのは、プリント・宿題を項目別にファイルしなければならないのだが、時折、一つのファイル（練習問題Exerciceのファイル、動詞の活用ファイル等）を提出しろと命じられる。抜け落ちている宿題がないか、日々の学習は順調かなど、講師がチェックするのだ。

3　いよいよフランスへ

四月一四日の初日講義が一九時過ぎに終わったとき、私はさすがにくたくたになっていた。休みなく流されるフランス語のフレーズを聞き漏らすまいと全神経を傾注し、手鏡で自分の口を眺めながら繰り替えし発声して、難解な文法用語をつかった解説を理解しようとつとめる。休憩時間はわずかだ。その日の最後に渡される宿題の指示書（次の日まで、何をやってこなければならないか宿題の内容が書かれた紙）を眺めながら、明日も一日がかりだなあーと、心の中でため息をついた。

翌日、天気が良かったので私は自宅のベランダにチャブ台を置いて、陽に当たりながら宿題に取り組んだ。

月水金は朝から晩までアテネ・フランセでフランス語漬け、火木土日は自宅で宿題漬け……という日々が続いた。

六月に入り、留学まで一ヶ月ばかりとなった。荷物の整理、留学に必要な書類の収集・提出をする一方で、大学院とアテネ・フランセに通うという過密スケジュールな日々が続いたため、フランスに行けるウキウキ感よりは、ひどい現実から逃亡できる解放感を感じるようになった。

私はけっきょく、渡仏前日の七月二日（金）まで、アテネ・フランセに通った。ただ、最後の日は午前中に下校し、その足で池袋サンシャインにいって旅行者用の防犯グッズを買い、帰宅してから散髪しにいった。思い切って、丸坊主にした。

荷物を整えて、二〇時頃には床に就いた。

一ヶ月も前から、荷物詰めの準備はしてきたのだけれど、けっきょく、前日までぎりぎり、準備することになった。

◆怒濤の講義で得られたこと

サンテティックの目標は、フランス語が話せるようになることだけではない。専門用語をつかってフランス語の構造や、発音のメカニズムを説明できることをも、求められる。

フランスにわたってから、サンテティックに通ってよかったと思うことが、いくつもあった。

一つは発音矯正である。音声学の研究者が語るような緻密な議論はすっ飛ばし、大まかな話をすると、日本語の母音は「あいうえお」の五つだが、フランス語には一六の母音が存在する。うち、日本語には存在しない「鼻母音」なるものが四つある。単純に計算して、日本語に比べてフランス語には母音が三倍以上、存在するわけだ。正確に発音しようとするならば、単語の下にカタカナをふるのでは対応できない。一六ある音の発声理論・方法を理解しなければならない。前述したとおり、サンテティックでは、発音記号を教えると同時に、発声の方法も指導する。フランスに行ったら、音声学を教える大学の特別講座でもとらないかぎり、ここまでは指導してくれない。講師につづいて発音し、音を真似ていくしかない。真似るといっても、微妙な音の違いがまず、日本人には聞き分けられない。たとえ、聞き分けられたとしても、口の中を覗けるわけではないのだから、どのように発声するか、方法が分からない。

第二には、フランス語学習のスタイルを学べたことである。サンテティックでは、同じ文章をひたすら繰り返し発音する、単語・文章・熟語を書きまくる、動詞の活用を暗唱する……といったことをやるわけだが、退屈に思える単純作業が会話力の土台になることを、感じさせられた。「効率的に」とか、「かしこく」という言葉にごまかされて、単純作業をすっ飛ばそうとする人もいようが、それでは基礎体力がつかない。特に、動詞の活用を覚えるのが面倒だから、おろそかにする人が多い。そのうち、覚えるだろうと投げやりになっているのだが、それでは上達しない。「je《ジュ》」（私）の場合の動詞活用は……、「il《イル》／elle《エル》」（彼／彼女）の場合は……など、いちいち考えこまなければ出てこないのであれば、自然なスピードの会話はできない。自然と活用は口をついて出てこなければならない。

第三には、単語の綴りと発音の規則性について学べたことだ。フランス語は英語とちがい、綴りと発音に厳密な規則性がある。正しく発音できれば、正しい綴りが書けるのであり、正しい綴りが書ければ、正しく発音できる。

最後に、辛口批評を付け加えておこう。

サンテティックでは、アテネ出身の講師・助手がほとんどである。中にはフランスに行ったこともない講師がいたりする。フランス文明・フランス文化に精通している方々が多いとは言い難い。サンテティックの講義は、フランスを知るというより、「フランス語」だけを勉強する……という傾向が強い。

サンテティックの同級生が、助手に自分が遭遇したフランスでのトラブルを説明した。彼女が二〇〇四年三月にフランス留学したとき、トイレに入ったが、ドアが壊れ、出られなくなる……というトラブルに巻き込まれたのだそうだ。

「そういう場合、何といえばいいのでしょうか？」

と助手に尋ねたら、

「そんなの、分からない」

という返答だったという。彼女は、

「さすが、アテネ内だけでフランス語を勉強しているだけはある」

と皮肉っていた。

第2部　初めてのフランス

フランスと周辺国

オランダ
ロンドン
イギリス
ベルギー
ブリュッセル
ドーバー海峡
リール
ドイツ
ルクセンブルク
パリ
ルマン
トゥール
T
G
V
スイス
ビスケー湾
フランス
リヨン
イタリア
アビニョン
マルセイユ
スペイン
地中海

第4章　リールでの三週間

これから、私がフランスで経験したことを書いていく。

二〇〇四年七月三日にフランスに初めて足を踏み入れてから二〇〇六年三月二六日に帰国するまで、どこで何をしたのか簡単に表3にまとめた。

二〇〇四年七月には、ベルギー国境近く、リールのリール政治学院で夏期集中講義があり、二ヶ月おいて、一〇月からは、パリ第九大学ドーフィーヌでの経営学講義が始まることが決まっていた。ただし、九月初めには、ドーフィーヌに赴いて、説明会に参加し、受講申請をしなければならない。そこで、リールの集中講義の後、八月一ヶ月は、中部の都市トゥールに移って、語学学校のトゥール・ラングに通うことにした。一般に、パリは住宅事情がきびしく、地方の方が受入れがよいと聞いたからだ。そして九月にはパリに入って、ドーフィーヌのオリエンテーションを受けながら、エルフという語学学校に通うことにした。ドーフィーヌでも外国人入学者を対象とする語学研修のプログラムがあるが、民間の語学学校の方が少人数で、会話を訓練するには向いている。エルフはホームステイも斡旋してくれるという事情もある。そして、一〇月になったら、

表3　ぼくのフランス留学

期間		場所	内容
2003年	12月	日本	フランス留学確定
2004年	1月～6月		アテネ・フランセでフランス語を学ぶ
	7月3日～24日	フランス・リール	リール政治学院の政治学・夏季集中講義に参加
	7月25日～9月4日	フランス・トゥール	語学学校トゥール・ラングでフランス語を学ぶ
	9月5日～10月1日	パリ	語学学校エルフでフランス語を学ぶ
	10月2日～		パリ第9大学ドーフィーヌで経営学を学ぶ。語学学校リュテス・ラングでフランス語を学ぶ
2005年	～7月12日		
	7月13日～8月3日	日本	一時帰国
	8月4日～28日	パリ郊外・カシャン	バカンス
	8月29日～		語学学校IFLフランス語学院でフランス語を学ぶ。あわせてフランスの政治・社会を取材
2006年	～3月25日		
	3月26日		日本に帰国

第九大学ドーフィーヌの講義に参加するかたわら、別の語学学校であるリュテス・ラングにも通う。エルフより安く、地の利も悪くない。

　住まいについて説明しよう。

　リールではリール政治学院が手配してくれた学生寮に滞在し、トゥールではトゥール・ラングが手配してくれたステュディオ(Studio。日本風にいえば個室アパート)で暮らし、パリでは初めの一ヶ月、エルフに紹介されたフランス人家庭のもとでホームステイした後、九ヶ月間、パリの学生寮に住み、その後はパリ南郊外の街・カシャンのステュディオで暮らした。

1　はじめて足を踏み入れたフランス

二〇〇四年七月三日、一三時間近くのフライトを終えてシャルル・ド・ゴール国際空港（Charles de Gaulle International Airport）に着いたとき、強い日差しが滑走路を照りつけていた。飛行機を降りてロビーへと向かうとき、大きな窓から入り込む陽がまばゆく感じられた。飛行機と外界との敷居をくぐる瞬間はいつも印象的なものだ。開放感とこれから始まる生活や旅への希望を感ずる。そしてそのとき、飛行機から聞こえてくるキーンという音がいつも聞こえるのだ。私は降りてすぐに、トイレに向かった。日本の男性トイレと比較して、心なしか位置が高いような気がした。

入国手続きを済ませてから、ベルギー国境にほど近いフランス北部の都市・リール（Lille）に向かうＴＧＶ（train à grande vitesse フランス新幹線）に乗るため、空港に隣接した駅へと向かった。ＴＧＶに乗ってリールの中心地まで行き、地下鉄を乗り継ぎ、予約していた学生寮へと向かわなければならなかった。

空港の駅の窓口でチケットを買い、ホームでしばらく待って、ＴＧＶに乗り込むと、バカンス先へむかう客がほとんどだからであろう、のんびりとした空気に包まれている。皆、カジュアルな服装であるし、夫婦連れ・家族連れがほとんどで、酒をあおっている人もいる。私は窓から見える風景をずっと眺めていた。通るところのほとんどが畑だ。農業国フランスだけはあると思った。この国でこれからしばらく生活を暮らすのだという実感がわかず、傷心を癒すためにあてもない旅に出かけているような気分だった。

◆リールは幽霊都市？

リール・ヨーロッパ駅（Gare de Lille Europe）で降りてから、地下鉄へ乗り換え、学生寮の最寄りの科学都市駅（Cité Scientifique）についたのは一九時過ぎだった。その日、朝五時に起床して一〇時発の飛行機に搭乗したのだから（いずれも日本時間）、二〇時間、不眠不休で活動していることになる（飛行機では、気圧のためか睡眠できない体質のため、ひたすら本を読み映画を鑑賞した）。一九時だというのに日差しは強く、まるで真っ昼間のようだ。

学生寮は科学都市（Cité scientifique）のなかにあるのだが、レストランもバーもカフェもディスコもなく、コンビニはもとより小さな売店もスーパーもコインランドリーもブティックもない、研究施設と教育施設、学生寮ぐらいしか存在しない都市で、バカンスで学生もいないのだろう、駅を降りても通行人がまったく見かけられない。高架式の無人運転の地下鉄*が走る音が奇妙に響く。まるで、ゴーストタウンに一人取り残された気分だった。

＊　高架式の地下鉄というのは形容矛盾に思われるかも知れないが、街の中心地では地下を走り、郊外では高架式になっているのだ。

寮の敷地内に入り受付に行って、一ヶ月分の家賃・一六六ユーロ（約二万四〇〇〇円）を払い、自分の部屋になっているK棟の三二六号室（日本式でいうと四階）に行った。三畳一間といったぐらいの大きさで、洗面所とベッド、勉強机がついている。冷蔵庫やテレビ、ラジオといったものはない。石けんもシャンプーも洗剤もタオルも鍋や食器もない。荷物を部屋におき、ベッドの上に座り、一息ついたあと、寮生が一緒につかう共同トイレ・共同シャワーを見に行った。シャワーはプールや海水浴場についているようなもので、上部に固定されたノズルからお湯が出る仕組みになっている。トイレはというと、当然のことながらウォッシュレットであるわけはなく、トイレットペーパーすら用意されていない。他の階のトイレも見てみたが、どのトイレにもトイレットペーパーはない。

とりあえず、生活用品を買い出しに行こうと思い、寮の周囲や駅周辺を歩いたのだが、売店も何もない。寮の受付に行き、近くにスーパーや商店はないのかと問いただしたら、地下鉄に乗って何駅か先に行かなければないという。仕方なく、私は地下鉄に乗って、二駅先のショッピング・モールへと向かった。

そこは郊外型超大規模商業施設で、服飾やレストラン、写真屋、ビデオやCDのショップ、パン屋等々、様々な店舗が入っている。モールの地下にバカでかいスーパーがあるのだが、その大きさたるや半端ではない。東京ドーム球場のグラウンドぐらいの面積はありそうだった。しかも、二階にまたがっている。

高架式の「地下鉄」(リール)

リールの学生寮

異国の地では買い物一つするのも、私にとっては難儀だった。固形石けんを探したのだが、どこにあるかが分からない。頭髪を洗うためのシャンプーを買おうとしても、数が多すぎてどれが適当なのかわからないし、ボディーシャンプーとの区別すらつかない。とりあえず、洗髪用のシャンプーと思しきものと洗浄用のスポンジ、トイレットペーパーを手に取り、胃がどんよりと重かったから食品売り場でレタスなどの野菜がすでに適当に切られて詰め込まれた袋を買い、帰宅の途に着いた。

自室についてからサラダをドレッシングも何もかけずフォークでつつき胃に入れた。蛇口を開き、水を飲んだのだが、白濁した水は石灰の味がして不味い。まるで白墨（チョーク）のカスを溶いた水を飲んでいるような気分だった。これまでの人生で、これほどまでに不味い水を飲んだことはない。手と顔を洗ったら、石灰なのだろう、白いざらざらが肌に残った。*

＊　フランス全土の水がまずいというわけではない。トゥールやパリは、東京の水とさほど変わらない（あるいは東京よりマシ）ように思えた。

疲れを癒すため、さっさと床に就きたかったので、共同シャワー室に行き体を洗い、床に就いた。時計は二二時を回っていた。日が暮れ、だんだん外も暗くなってきていた。

夜一〇時を過ぎてから日が落ちるなど、ずいぶん奇妙なことに思えた。

◆ほのぼのとした街、リール

ここで、リールという街について触れたい。

はじめてフランスで生活する人にとっては、リールという都市はきっと、住み心地がよいに違いない。パリのように、観光地として有名なわけではないから観光客が殺到することもなく、居住者もパリみたいに密集して住んでいるわけではない。田舎町というほど、さびれているわけではなく、でも、パリのように人々でごみごみしているわけではなく、ほどほどの人が住んでいて、ほどほどの大きさの街である。

面積は三四・八三平方キロメール。東京都杉並区とほぼ同じ面積だ。だが、リールの人口は約三六万人で、杉並区の約五三万に比べるとずいぶん少ない。

リールという都市には地下鉄（メトロ Métro）が二路線あり、さらに路面電車（トラム Tram）も二路線ある。リールの中心地には、リール・フランドル駅（Lille Flandres）と、そこから二〇〇メートルほど離れたところに位置するリール・ヨーロッパ駅（Lille Europe）がある。両駅ともＴＧＶ（フランス新幹線）がとまり、それをつかえばパリには一時間ほどで行ける。ベルギーのブリュッセルにいたっては、三〇分ばかりで到達できてしまう。あと両駅には路面電車も地下鉄もとまり、まさに中心地の駅としての役割を果たしている。

これらの駅から、五分ほどばかり歩いて、路地に入ると石畳の通りにお目にかかれる。その通り沿いに、パン屋やケーキ屋さん、カフェが並んでいたりして、おしゃれな雰囲気を醸し出す。

駅周辺には、レストラン、カフェがたくさんあり、高級なタイ料理レストラン、日本料理店、中華料理屋もある。あと、パン屋が道路に店を出して、焼きたてのパンを売ることもある。クロワッサンや、チョコパン、エスカルゴ（Escargot）という名前のレーズンパン（形がカタツムリのようにできているから、そう呼ばれている。中に、カタツムリが入っているわけではないので、ご安心あれ）、リンゴパイ（chausson au pomme）を買ってよく頬張った。どれも、一ユーロ余りだから、お買い得感がした。

このリールの中心地には、大規模なショッピングセンターがあるし、アウトレット・ショップ、六階建ての本屋、映画館、ディスコ等々、生活する上で必要な店はほとんど集中している。

また、路面電車のルートは二路線とも、リール・フランドルから最終駅まで、三〜四時間ぐらいで踏破できる。休日、ゆっくりしたいとき、私は電車の線路に沿って、よく散歩したものだった。途中に川があったり、真ん中に大きな池がありそれを囲むようにしてできた大きな公園（三駅の距離）があったり、並木道があったり、ほのぼのした住宅街があったり、大きなショッピングセンター群があったりで、歩いていると町並みや人々の暮らしぶりを垣間見ることができ、飽きない。途中、疲れたら、公園で休んでもいい。暖かい日ならば、お年寄りの夫婦がのんびり、ひなたぼっこしていたり、子連れの親子が池の周りで遊んでいたり、芝生の上でカップルがシートをひき、寝っ転がっていたりする。そんな人々といっしょに、休んでいるとこちらも、ほのぼのとしてくる。線路沿いだから、迷子になることもない。路面電車が煉瓦造りの家々の間を通って、ゆっ

リールの商店街

リール郊外の住宅街を通る路面電車

くり走っている様は、絵葉書に出てくるような光景だった。

2　リール政治学院

◆「ようこそ、リール政治学院へ」

フランスについて最初の月曜日、リール政治学院の夏期講習が始まった。身支度をすませて、寮を後にして駅に向かうと、道すがら、顔を出したばかりの陽が真正面からさしてきた。七月でも、長袖のワイシャツ一枚では、薄ら寒くなるくらいに、朝は冷えこむ。

地下鉄に乗り学校の最寄り駅（Porte de Valenciennes）で下車して、地図を頼りに目的の校舎を探した。迷うことなく到着したとき、一階ロビーは八〇人を越えるだろう多くの学生でひしめき合っていた。前日、寮で挨拶を交わしたカナダから来た女性が私を見つけ、「おはよう」と声をかけた。「日本人だったよね。彼女も日本人よ」といって、隣にいた女性を紹介した。「おはようございます」と、日本から来たという女性は挨拶した。おそらく、日本人は私一人だろうと覚悟していたから、異国の地で同朋と出会えたことは私を少し安心させた。彼女の名前はユカコさんという。ユカコさんは英語圏に海外留学を何度かしたことがあり、英語力はアメリカの大学院で通用するレベルである。今回も英語で学べる……というふれこみに惹かれ、来たのだという。

ロビーには集合場所の教室名が書かれた紙が貼ってあったので、学生は少しずつ教室へと向かいだした。一五〇名ぐらいは収容できる階段教室に、皆が腰掛けたころを見計らって、教卓に座っていたセミナーの担当者・統括者（コーディネーター）である黒人女性が口を開いた。

「ようこそフランス、そしてリール政治学院へ。これから出席をとりますので静かにしていてください」

一人一人の名前を点呼していった。多くの国々から参加者は集まっていたから、何度か名前を読み間違え学生から訂正される……ということが繰り返された。幸いなことに、私の名前はすんなり発音された。

◆カナダ人のカップルとトルコ人女性と昼食

今後の日程を簡単に説明しおえてから、学校見学が始まった。

リール第二大学（l'Université de Lille II）の姉妹校として一九九一年に設立されたリール政治学院は、教員が二七〇人、学生が一二〇〇人で大学に比べたら規模が小さい。五階建ての校舎がまるで、どこかの専門学校といった趣なのも頷ける。日本の大手専門学校のほうが、もっと設備が整っているだろう。三〇人程度の学生が入れば一杯になる小さな教室がいくつもあるだけで、数百人規模で収容できるホールがあるわけでもない。学生食堂や売店といったものもなく、自動販売機で飲み物を買えるくらいだ。最上階にある図書館も高校の図書室といった程度の大きさだ。

校内見学が終わってから、彼女の執務室近くにある教室に案内された。白い机の上には、分厚い資料が並べられており、今後の時間割と教授から前もって配るようにいわれた資料の束だという。そして、それから何グループかに分かれ別の教室に移動し、フランス語のクラス分けテストが始まった。制限時間は一時間、内容は文法中心で、動詞の活用や時制、比較級などが出題された。テストを終えたあと、カナダ人のカップルとトルコ人女性ら何人かの学生とともに、リールの中心部に行き、私たちは昼食をとった。

◆田村正和のような髪型のイェール大学教授

その日の午後から早速、講義があった。開始時間に教室に行くと教授は到着しており、教卓の後ろにある机の上に、彼が書いた論文をはじめとする参考資料が並べられていた。教授は、イェール（Yale）大学のジョリオン＝ハワーズ（Jolyon Howorth）客員教授。田村正和のような長めの髪型で、ブロンドヘア。カラーシャツにおしゃれなネクタイを締め、ジャケットを羽織っていた。

毎回、よどみなく進められるハワーズ教授の講義はまるでアメリカ政治家の演説会のようだった。身振り手振りを交え、時には机の上に腰掛け話をつづける。指をならし、政治家の演説を引用し、ジョークも交える。講義は前半・後半に分かれ、途中休憩をはさみ、五時まで続く。テーマは『安全保障とＮＡＴＯ（北大西洋条約機構）』で、教授が五〇分～六〇分ほど講義をした後で、質疑応答を三〇分ほど受け議論するという展開だった。教授は自分の話が終わると、机に座りコーヒーを吸り、「質問はないかな?」といって、挙手した学生を指さしていった。さすが、欧米から選りすぐった学生だけあって、多くの学生が挙手して議論に加わる。私も発言しようとするが、他の学生が過熱して手も挙げずに発言を繰り返すものだから、なかなか話に入れなかったとき、教授が突然、私を指さし、「さっきから、何かいいたそうなので、どうぞ」といって、発言の機会を与えてくれたこともあった。

ハワーズ先生の講義は第一週に終わり、最後の講義に課題レポートが課されたのだった。テーマはコソボ紛争のときにブレア首相が発した「価値(Value)の戦争」という概念について、自身の意見を述べよというものだった。

3 リール探索

◆北アフリカ料理・クスクス

「郷に入れば、郷に従え」にならい、リールに来た当初は、サンドイッチやフランスのファースト・フードを食べていたが、そのうち、米が恋しくなってきた。リール・フランドル駅周辺で、中華店を見つけ大して美味しくはなかったが、足繁く通うようになった。サラダ、チャーハン、肉料理、デザートがついて六ユーロ弱という破格の値段であった。

蒸した挽き割り小麦に鶏・羊などの肉と野菜を添えスープをかけて食べるクスクスという北

ケバブを売る店（リール）

アフリカ料理もよく食べたものだ。ケバブが食べられるファースト・フード店で初めてクスクスを注文したとき（一番安かったので、野菜だけのクスクスを頼んだ）、粉のように挽かれた小麦が盛られた皿と、ビーフシチューのような赤色のスープが入った皿が出てきた。スープをちびちびとスプーンですくい挽き割り小麦にかけながら口にしていると、隣に座っていた白人の中年男性が笑いながら、スープの入っている皿をひっくり返して挽き割り小麦の上にドサッとかける動作をして、「こうだよ、こう」と説明した。それが正しい食べ方だそうだ。その後、スパイシーなソーセージや、串刺しの鶏肉、牛肉などと一緒にクスクスを食べたりもした。

◆偉大なるシャルル・ド・ゴール元大統領の生家に行く

リール政治学院のプログラムの第二週目に私たちは第五共和制の父といわれるシャルル＝ドゴール元大統領（Charles de Gaulle）の生家を訪れた。それは閑静な住宅街の一画にあった。かつての生家はいまでは、ドゴールの活動・歴史・生活を伝えるシャルル＝ドゴール記念館になっている。

ドゴール記念館には、大きな扉が玄関にとりつけられており、一見すると大邸宅のようで記念館には見えない。門をくぐると受付があった。そこで、解説が聞けるテープレコーダーのような機械を渡された。英語かフランス語の解説を選ぶことができ、スイッチを入れ機械を直接耳に当てると解説が流れてくる。わたしは英語のレコーダーを選んだ。

ドゴールの記念館でまず、彼が暮らしていた家を案内された。玄関・寝室・居間・書斎などに通される。ホコリ一つなくきれいに保存されている。豪華絢爛というわけではなく慎ましい家のつくりで、ドゴールの性格を表している。

二階の建物を回った後、小さな映画館のような試写室に通された。そこでは、ドゴールの生涯を描いた白黒のドキュメンタリーが放映されていた。若き頃のドゴールがナチスから解放されたパリのシャンゼリーゼ通りを堂々と歩く姿や、アルジェリアの独立を認めた歴史的な演説などが画面には映し出された。

試写室を出てから、小さな販売店に立ち寄った。そこではドゴールに関する数多くの著作や演説を録音したＣＤやドゴールの発言をまとめた本や写真集などが売られている。

その数の多さはドゴールの輝かしい経歴と栄光を如実に物語っている。

もしも、リールを訪れることがあるならば、ドゴール記念館を訪れることをすすめたい。ドゴールはフランスの精神の一部である。ドゴールを知ることはフランスの魂を知ることでもある。ホームページ▼に記念館やドゴールに関する数多くの情報が掲載されているので参照されたい。

◆ＥＵ本部に行った

リール政治学院では他にもいろいろなところに社会科見学に行った。中でもＥＵ委員会への訪問はもっとも刺激に満ちたものだった。私たちはバスでベルギーの首都・ブリュッセルへと向かった。パスポートを持っていったのだけれど、ベルギーにフランスから入国するときにパスポートを見せる場面はなかった。外の景色を見ていてもどこまでがフランスでどこからがベルギーなのか、まったく分からない。欧州では国境が日本の県境程度のものになっている。

ＥＵ委員会の本部は煉瓦色の外観で、中に入るとまずセキュリティ・チェックのゲートがある。中は近代的ななりで、私たちは委員会が催される会議場へと案内された。目の前に巨大なスクリーンがあり、それぞれの机にマイクとイヤホンが用意されている。私たちはそれらを装着して、スクリーンに説明文やイラストが映し出され、眼鏡をかけた少し肥満気味の中年ＥＵ男性職員が解説を加えた。

ＥＵ委員会の本部を見学し終わったのは、お昼の時間を少し回ったぐらいの時間だった。それからは自由行動だという。学生の中にはホテルに泊まり、二日かけてベルギー見学するという人もいた。私はそこで地図をもらい、ユカコさんとブリュッセル見学へと出かけた。リール行きの最終の電車は二〇時台だったので、時間をかけてブリュッセル見学ができた。

ブリュッセルという街を私は三回訪れたが、行くたびに不思議な感慨にとらわれる。パリとは異なり、市内には近代的な建物も建ち並ぶ。

そうかとおもえば、歴史ある建造物が荘厳とそびえ立つ。

欧州の近代性と歴史性を具現化した街がブリュッセルといえるかもしれない。

4　出会いと別れ

◆中国人留学生・禅君と日本の漫画で盛り上がった

リールで知り合った知人・友人のなかでもっとも親友と呼べる人は中国からの留学生・禅君《ゼン》だ。彼は私やユカコさんと同じ寮の同じフロアに住むご近所さんだった。

禅君が友人らと寮の近くを歩いているときにユカコさんが同朋と思われ声をかけられ、話が弾み友人になった。そして、ユカコさんから禅君を紹介された。

禅君に招待され私たちは彼の部屋でディナーをした。禅君はフランスで漫画を学ぶ学生で、机にはデッサン帳が置かれていたので拝見させてもらった。劇画風のクールな絵が鉛筆で描かれてあった。

禅君は日本のアニメ・漫画に精通しており、小林よしのりの名作『おぼっちゃまくん』や鳥山明『ドラゴンボール』をよく知っている。茶魔やドラゴンボールに出てくるキャラクターに話が及ぶと「こいつのことだろ」と彼はデッサンしてくれた。それがよしりんや鳥山明が描いたようにそっくりで、それを見て私は大笑いした。私が喜ぶと禅君はますます調子に乗り、亀仙人、茶魔、ブルマや茶魔の時計係といったレアなキャラクターまでデッサンしてくれた。「茶魔は時間を伝えるために一人雇っているんだよ」と禅君は笑った。私はふと、『おぼっちゃまくん』の作者が反中国のキャンペーンをすすめている人物だと知っているのだろうか……と疑問に思ったが、その場の雰囲気を壊したくなかったから、口にすることは控えた。

禅君は別れ際にいった。

「日本と中国は過去に戦争して互いに憎み合ってきた。でも、今日みたいに楽しい夜を一緒に過ごせたことはとても嬉しい。そして、平和な時代に感謝したい」

◆リール最後の夜

リールを離れる前日の七月二四日、私は日中、路面電車にそって歩いた。改めて街並みの美しさを感じることができた。

わたしはその何日か前、次に住む都市・トゥールで暮らすことになっていたステュディオのオーナーに電話をした。トゥールで通うことになっていた語学学校トゥール・ラング（Tours Langue）の日本人女性職員・ナオコさんから前もって電話をするように再三、メールでいわれていたのだけれど、ほったらかしていた。何のことはない、ただフランス語が通じる自信がなく、延ばし延ばしにしていたのである。

しかし、いい加減にしてくれといわんばかりの連絡をナオコさんから受けたので渋々、学生寮の最寄り駅に備わっている公衆電話から大家さんのうちに電話した。ワイフと思しき女性がまずでて、「ちょっと待ってね」といったあとで、やけにハイテンションの家主が出てきた。とりあえず、駅に着く時間は通じ、車で迎えに来てくれるという段取りになった。しかし、ついたその日に家賃と敷金（caution）を払え！というのだが、その金額を何度聞き返しても、聞き取れない。彼は英語がまるっきりできないから、数字を英語でいうこともできない。日本人的な作法といわれるかもしれないが、とりあえず「わかった、わかった」といって電話をきった。

後日、トゥール・ラングのナオコさんに電話をかけてもらい、金額を確認できた。はじめからこうなると思っていたから、直接電話したくなかったのになー……と少し不満に思ったけれどまあ仕方なかろう。

わたしはリールの最後のディナーをユカコさんと過ごした。

二人で前に行ったタイ宮廷料理のレストランに行った。料理はゆっくりと出され、デザートが出てくるまで二時間近くかかった。

私たちはリールの三週間の思い出を語り合い、これからの予定を語った。

ユカコさんは友人が住むフランスの地方へと旅行に行くという。そして、そこで一週間ばかし過ごしてから日本に帰国するという。ユカコさんとここで離れれば、少なくとも一年は異なる国で二人は生活するのだなあとしみじみと思った。

「あした、朝何時に出ますか。駅まで送りますよ。荷物もいっぱいあるでしょうし、お手伝いします」

私がリールを離れる数日後にその地を離れることになっていたユカコさんは寮の部屋に戻るとき、そういってくれた。翌朝の八時に寮の玄関で待ち合わせることにした。

部屋に戻ってから、洗濯機の部屋に行き衣服を洗い、乾燥機が壊れていたので、部屋に吊して干した。

わたしは浴室に行き、シャワーを浴びふだんよりも念入りに体を洗った。

頭上から注いでくるシャワーを浴びていると、小学校の頃、プールが終わったあとに浴びた冷たいシャワーを思い出した。学生寮のシャワーなんてものは、プールのシャワーのように安っぽいのだ。

シャワーはトイレと同じ一室にあるのだけれど、男女兼用のため、シャワーを浴び終えた女性がバスタオルで身を包み歩くところに何度も遭遇した。向こうは何とも思わないようで無表情で通り過ぎていくのだが、こちらはそのたびに思わず飛び跳ねそうになってしまう。男性の小便用のトイレで用をたしているときに、後ろを女性が通り過ぎることもあり焦った。ジェンダーフリーの何たるかを私はこの寮で学んだ。

シャワーを浴び部屋にもどり、私は床に就いた。

まるで刑務所のような小さで質素なベッドとも今夜でお別れだ。

第5章　トゥールの六週間

1　リールからトゥールへ

◆途中詐欺にあうも、なんとかトゥールへ

リールを離れトゥール（Tours）へ向かう翌朝、八時にユカコさんと玄関で落ち合った。ＴＧＶに乗るところまで付き添ってくれた。トゥールに行くには、ＴＧＶでパリ北駅まで行ってから、地下鉄でモンパルナス駅に行き、そこから別のＴＧＶに乗らなければならなかった。

ＴＧＶが発車する駅は日曜の朝ということもあり人影が少なかった。

リールは曇りだったが、パリ北駅につく頃には陽がさしていた。改札を出て地下におり、地下鉄の路線図を眺めていると、中東系の男が「どこに行きたいんだ?」と声をかけてきた。「モンパルナス駅に行きたいんだけど」と応えると、「こっちだ。案内するから連いてきな」といった。彼に対するうさんくささを感じはしたのだが、モンパルナス発のＴＧＶに時間通り、間に合うか一抹の不安を覚えており急がなければという切迫感に突き動かされ、彼についていった。怪しげ

なところに連れていきそうならば途中で断ればいいのだ。

「ところで、切符は買ったのかい？　買ってないなら、あそこに自動販売機があるから俺が買ってあげる」

といい、切符販売機のところまで連れて行かれた。彼はカードをつかい、切符を購入した。画面には「一〇・五〇€（ユーロ）」という額が表示されたので、言われるまでもなくその額のお札を彼に渡した。彼は目的の路線の改札口まで着いてきてくれ、「これに乗っていけ」といった。改札口を通ったあと振り返ると、彼は満面の笑顔で手を振っていた。

よくよく考えれば、地下鉄の切符が一〇・五〇ユーロ（一五〇〇円）もするわけがない。パリ市内ならば一・四ユーロ（二〇〇円）だ。少額だったこともあり私は払ってしまったが、騙されたわけだ。それにしても、どうやって「一〇・五〇€」の表示が出るように仕掛けたのか。騙されたことは分かっても、いまだにそのトリックが分からない。パリの北駅、東駅、モンパルナス駅、サン・ラザール駅などTGVが発着する大きな駅には、観光客を狙った職業的詐欺師が獲物を狙って待ちかまえている。大きな荷物を持っていると狙われやすい。

モンパルナス駅に着き、トゥール行きのTGVに乗り込み、ゆっくり読書を続けた。一時間ほどで目的地についた。トゥールで滞在することになっていたステュディオの大家さんが迎えに来ていることになっていたのだが、はたして私を見つけられるのだろうか。髭を蓄えた男性が私の姿を見るなり笑顔で合図した。近づくと、「ケンジか？」といい、私がうなずくと「ようこそ、トゥールへ。外に車を止めてある」といって駅の外に出た。肌に突き刺さるように日差しが強く、トゥールはリールに比べてだいぶ南にあるためであろう気温は三〇度を越え、少し歩いただけで汗ばんだ。大家さんが車のトランクに私の荷物をつみ、車に二人で乗り込んだ。ステュディオに向かう途中、街の紹介をしてくれた。

家に着くまで一〇分ぐらいかかっただろうか。

その間、自分が学生であること、日本から来たことなど、きわめて基本的なことを説明した。大家さんは電話で初めて話したときとかわらずハイテンションで、早口でべらべらしゃべり続ける。その三割ぐらいしか聞き取れなかったけれど、人がいいんだろうなと思った。

◆愛らしい雀やツバメたちの群れが円をかくように飛び回る

大家さんのうちにつくと、大きな門がありそれを開け、車を入れると、彼の家へと案内された。四階建てのステュディオにそれは隣接している。オツレアイのタイ人女性が「こんにちは」と笑顔で話しかけてきた。部屋の奥には一歳にも満たない男の子が一人すやすやと寝ているのが見えた。

大家さんは家賃について紙に書きながら説明した。

ある程度の量までは水道代はタダだけれどそれを越えたらその分だけ加算すること。泊まる権利があるのは八月三一日までで、それ以降、部屋に留まる場合は一日につき三〇ユーロ（四三〇

滞在したステュディオの窓から（トゥール）

〇円）支払うこと。そして、家賃と敷金の額を紙に書いた。

歓談の後に、私が泊まる部屋に案内された。大きな柔らかいベッドとシャワーとトイレがついた個室。そこは最上階で、日本でいう四階にあたった。最上階のため日当たりがいい。お皿、フォーク、ナイフ、フライパン、鍋、箸があり食器は一通りそろっていた。ガスレンジではなく卓上電気コンロがある。

「どうだ、いいところだろ」

といわれたので、

「はい（Oui《ウイ》）」

とこたえた。

その前に住んでいたところが刑務所のような学生寮だったから、ふかふかのベッドがあり、部屋にシャワーがついている、ただそれだけのことがことのほか嬉しく感じられた。

とりあえず、荷物をおいて一息ついたところで、私は町中を一時間ほど歩いて帰宅し、次の日のクラス分け試験に備えて、フランス語の勉強をした。

日没近くの二一時半頃であろうか、鳥のチュンチュン鳴く声が気になり、窓から顔を出すと、雀やツバメが二〇羽以上、円をかくように飛び回っているのが見えた。なぜなのかその理由は分からないけれど、その日以降も、日没近い時間になると、どこからか小鳥の群れが私のステュディオ近くにやってきて、さえずりながら毎日、飛ぶ。他には、煉瓦でできた周囲の建物の屋根が見える。煉瓦の屋根の上を小鳥が飛ぶ様を見ると、私は一日の終わりを幸せな気持ちで迎えられた。机に向かって語学学校でその日、習った項目を復習しながら、ときに息抜きで外を眺めるたびに、心地よさを覚える。なぜ、夕暮れ時に小鳥はどこからか集まり、せわしなくとびまわるのだろうか……。きっと一日の余分なカロリーを消費するためなのだろうな、それとも日が暮れないうちに、目一杯お天道様の光を浴びておこうということなのかな……。

そんな物思いに少し耽り、私はまた勉強机に戻る。寝る前には部屋の電気を全部消して、窓を全開して首を出し、満天の星空を眺めてから床に就いた。空気が澄んでいるのか、数十の星々が煌めくのが見えた。きっと、東京二三区では味わうことは不可能であろうこの長閑《のどか》さは、トゥールならではなのだろう…と思うこと、しばしであった。

◆古城が散在する街・トゥール

パリ市のモンパルナス駅からTGV（フランス新幹線）をつかって一時間、南西に下って到着する都市・トゥールはサントル＝ヴァル＝ド＝ロワール地方（通称・ロワール地方）に属する。人口は一三万六五〇〇人で、地方都市としては大きいほうだ。

トゥールはロワール地方に散在する古城巡りをする拠点となる都市だ。フランス旅行のガイド・ブックを手にとりページをめくれば、パリから日帰り旅行できる都市としてきっとトゥールが紹介されているだろう。

フランス旅行者のなかで広く読まれている『地球の歩き方　パリ&近郊の町』(ダイヤモンド社)の〈〇四～〇五年版〉では、二ページ（四〇二～四〇三頁）をつかって『ロワールの古城巡り』を紹介している。「ゆったりと流れるロワール川のほとりに見え隠れする美しい古城。フランス王朝の華麗な歴史絵巻をひもとく」というキャプションがつく。

フランス最長の一〇一二キロというロワール川（Loire）と全長三六五キロというその支流シェール川（Cher）に挟まれたところに、トゥールは位置する。厳寒の折には、川が一面、凍りつくこともあるというロワール川の河岸を、私は幾度となく散歩して、ときにベンチに腰掛けて、日本から持ってきた小説を読み耽ったりした。明るい日差しに包まれて、ゆるやかな河の流れの音に耳を澄ませ、犬をつれて散歩する人々に時々、目をやりながら本を読んでいると、「生きていてよかったなー」という単純な幸福感がわき上がる。トゥールののんびりした雰囲気は、ふか

トゥール、プリュムロー広場

ふかの布団にくるまれているときのような、やわらかなリラクゼーションをもたらす。

古城の中には世界遺産に指定されたシャンボール城もあり、中世ヨーロッパの面影を残す美しい城が多い。荘厳な古城に行き中に入れば、きっとフランスの壮大な歴史を想起せずにはいられないだろう。

一六世紀に創設されてからカトリーヌ＝ブリソネ、ディアーヌ＝ド＝ポワチエ、カトリーヌ＝ド＝メディチ（アンリ二世の王妃）、ルイーズ＝ド＝ロレーヌ（アンリ三世の王妃）、マダム＝デュパン、マダム＝プロオズと代々の城主が女性だったことから「六人の女の城」と呼ばれることもあるシュノンソー城、パリ市と同程度の広さの森の中にそびえ立つシャンボール城、ロワール川のほとりの高台にそびえ立ち、城内からロワール川を眺めると絶景としかいいようがないほどに美しく、天才的芸術家・レオナルド＝ダ＝ヴィンチが住み生涯を終えたアンボワーズ城……。小さな城もあげていったらキリがないくらいにロワール地方には古城が多く残されている。いまあげた城は日本人にも人気の観光スポットで、多くの日本人が魅了されて帰っていったことだろう。

私が六週間通ったトゥール・ラングはステュディオから歩いて一五〇メートルほど離れたところにあり、周囲には一五世紀の木骨組みの家が数多く現存し、石造りの壁が並び、学校の前にはトゥールで一番賑やかなプリュムロー広場がある。広場から狭い路地に入ると、小さな工房が連なり、古い時計塔やロマネスク様式の教会などが並び、数百年の歴史の息吹を伝えている。

私はいまでもまぶたを閉じると、トゥールの美しい光景が目に浮かぶ。

広場には食事をするためのテーブルと椅子が用意され、いつもお昼時になるとたいへんな賑わいだった。私が滞在した時期がバカンスと重なっていたからだろう、たいていテーブルは全て客でうまり、給仕がせわしなく注文を聞き料理を運ぶ。燦々と降り注ぐ太陽を浴びながら、真っ昼間だというのに、ワインをボトルで頼み、グラスに注ぎ、まるでそれが水であるかのように飲む客が何と多かったことか。フランス人の血はワインでできているというが、それもあながち過ちではないのではないかと思った。子どもを連れたり、夫婦・カップルで来たりしている人がほとんどだった。

昼になると、食事を楽しんでいる客からお金をもらうために、アコーディオンを演奏する二人組が毎日現れ、演奏をしながら各テーブルをまわっていった。

2　語学学校トゥール・ラング

◆もっとも美しいフランス語が話されるトゥール

私がトゥールに滞在しようと思ったのは、その地域で話されるフランス語はフランス国内で最も美しいと喧伝されているからだ。語学学校のトゥール・ラングを選んだのは、『二〇〇三～二〇〇四　成功する留学　フランス留学』(ダイヤモンド社)で見つけたからだ。トゥールには、トゥール・ラングを含めて、三つの語学学校があるのだが、少人数制をとっているのは、他に一校のみ。一時間あたりの授業料を比較した上で、より割安であったトゥール・ラングを私は選ぶことにした。三校の中から選んだ基準は、少人数制とコストパフォーマンスだけ。他に理由はない。

トゥール・ラングの授業初日、九時少し前にトゥール・ラングを訪れ三階へ上がると事務室があり、日本人女性の顔があった。その人は日本人スタッフのナオコさんだった。

「おはようございます」

「健二さん？」

とここまでの会話は日本語だったが、それから彼女はフランス語でコンピューター・ルーム(salle d'information)に待機するよう指示した。パソコン・ルームには八台、パソコンが設置されていた。この学校が便利なのは、パソコンを一七時まで使用できることだ。無料で使えるため、ネットカフェに行かなくて済む上、毎日、メールやネットをチェックでき、日本のニュースを知ることができる。

一〇分ほど待ってから、ナオコさんが来て、学校における注意事項と、その日、トゥールではニンニクのお祭が行われていると説明した後で、クラス分けのための問題用紙を配った。初めはリスニング（聞き取り）問題でナオコさんが文章を読み上げた。それから文法中心の問題にとりかかった。

試験時間が終わるとナオコさんがやってきて問題用紙、解答用紙を回収し、

「今日はこれで終わり。でも、午後にニンニク祭を何人かでまわるので、行きたい人は一四時に学校の入り口に来てください」

といった。

私は中華料理店で一人食事をして時間をつぶし、一四時に集合場所へ行った。

エリックという短髪で日本文化好きの教師がいて、彼が引率するという。参加者は私を入れて六名だった。

皆で出かけると、日本のお祭のように道路は出店でいっぱいで、道行く人々で道路は埋まり、前へ進むのに時間がかかる。にんにくの祭というから、にんにくがいくつもの出店でつらされている。香ばしいソーセージがフライパンで焼かれ、ローストビーフが切られ、ワインが売られ、フランスパンに具が挟まれた美味しそうなサンドイッチもあり、植物を売るところもある。私た

ちは試食できるところで少し食べさせてもらい出店を回っていった。ワインを全員に振る舞ってくれた太っ腹な出店もあった。

◆最初の授業、クラスはみんな日本人

トゥール・ラング二日目の火曜日、九時一〇分前につくと、クラス分けの表が壁に掲示されている。パソコンでメール・チェックした後、指定された教室に行くと、六人のアジア顔が座っている。

三〇代半ばの講師・ヤニックが入って来るなり、こういった。

「このクラスはどういうわけか全員日本人で……」

そう、私も含めた七人全員が日本人なのだ。私の入ったクラスのレベルは初級だった。長いこと一緒に学ぶことになるのが名古屋出身で二〇代後半のアキコさん、一八歳でトゥールに留学したクルミちゃん、長期休暇をとって留学している会社員のアツコさんだった。

トゥール・ラングに日本人受講生が多くなるのは、スタッフとして日本人女性が働いているから、申し込みや問い合わせのときなど、日本語で対応してもらえることが一つの要因だろう。近年、日本人受講生が増えており、さながら日本の語学学校のごとき様相を呈してきている。入門者むけのクラスは入れる時期が限定されているが、それ以外の初級・中級・上級のクラスは毎週月曜日に入校が認められる。はじめは日本人だけのクラスも途中、中国人・オーストラリア人が

入り、全員日本人状態は解消されたとはいえ、それにしても比率でいえば邦人の割合が圧倒的に高かった。学校全体でも日本人の割合は五割を優に超えている。

トゥール・ラングには毎週、新しい学生が入ってきて、もっとも自分のレベルに近いクラスに入れられる。少人数をめざしていて一クラスの最大人数は七人（夏期のみ一〇人）、小さな教室でテーブルを挟んで授業は進められる。といっても、二～三名のクラスもあれば、八名まで膨れあがるクラスもあり、レベルによってばらつきがある。私が滞在したときは入門者向けのクラスは三人であり、上級者むけのクラスも三～四人であったが、初級のクラスに人が集中し、七～八名ほどのクラスになっていた。夏期は生徒が多いが、冬季になると生徒数ががくんと減り、二、三人のクラスが多くなるそうだ。

少人数だから当然、授業で発言する機会は多い。間違ったフランス語を話せば講師が誤りを指摘し訂正し、必要なときには板書する。

トゥール・ラングのメソッドは独自に開発した教材を使用する。それは冊子にはなってなく、一枚一枚、プリントが配られる。

軽快なトークをするヤニックの授業は分かりやすかったし、楽しかった。

その日は午前の授業が終わると、昼休みがあり、会話の授業があった。おっとりとした女性の先生はヤニックとは違い、のんびりしたテンポの授業だった。

◆時間割（一〇時間コース、一五時間コース、二〇時間コース）

トゥール・ラングでは、

①週一〇時間コース

②週一五時間コース

③週二〇時間コース

の三つの基本的なコースがある。希望する人は、講師・学校と相談した上で、個人レッスンを受けられ、それは一時間四〇ユーロかかる。学費は長期滞在の場合、若干、割引されお得になる。

トゥール・ラングでは午前と午後によって、クラスも講師も変わる。午前は主に、文法項目をおさらいすることが目的とされ、午後は会話が中心となり時にゲームをやりながら、実践的な会話表現を覚えていく。

時間割はおおよそ、次のようになる。

①週一〇時間コース――九時～一一時

②週一五時間コース――九時～一二時三〇分

③週二〇時間コース――九時～一二時三〇分＋午後のクラス

◆日本人妻を持つコメディアンみたいだけど人情家の校長

教室は建物の二階と三階にあり、二階にはコーヒーの販売機と冷蔵庫と流し台、食器類が置かれたプチ喫茶室があり、授業の合間の休み時間になると、みなそこに集まり歓談した。三階にはパソコン・ルームの他に図書室があり、フランス語の本と、ビデオ＆ＤＶＤのプレイヤーが設置されてあり、フランス映画のＤＶＤやビデオが置かれていて、視聴することが許されている。トゥール・ラングは女性講師が多く、年齢も比較的若い人が多い。二〇代か三〇代の講師ばかりだ。

私が滞在している間、ケーキをたまに焼いてきてくれる先生が二人いた。大きなケーキにナイフを入れ、みんなでわけて食べる。アップルパイだったり、チーズケーキだったり、チョコレートケーキだったり、日によってそれは異なり、ただの休み時間だというのに、ケーキを食べるときはちょっとしたお祭のような雰囲気だった。講師と生徒がみな、同じ場に集まりケーキを食べながら歓談できる。

午前のクラスの講師ヤニックは、ふだんは冗談ばっかりいうし、毒舌を吐くけど、根は真面目で誠実な性格だった。

こんなことがあった。

学校の授業中、日本人の女生徒が突然、泣き出した。あとで知ったことだけれど、その日、とても辛い出来事があり、なんとか学校に来てみたものの、哀しさを抑えられず涙がとまらなくなったというのだ。彼女はヤニックの隣に座っていた。

ヤニックは困惑しきった。きっと彼は、自分が何かまずいことでもいっただろうか、泣かせてしまうようなことをしただろうか……と思っていたのだろう。

ただ、授業の途中ということもあり、泣いている女性をそっとしたまま、彼は授業を続けた。授業が終わってからヤニックはその子に、

「ちょっと来てくれる？」

と誘い、個室につれていった。

あとで聞いた話によれば、そのときヤニックは、

「僕は何か悪いことをいったかな？　そうだとしたら、謝らなければならない」

と切り出し、彼女が「違います。個人的に辛いことがあっただけです」と説明すると、

「困ったことが会ったらうちに来なさい。うちの妻が相談にのるから」

ヤニックは優しくそういった。

ヤニックの妻は日本人だ。フランス人である自分では相談に乗りきれないかもしれない、妻ならば同じ日本人としてよりよい相談相手になれるだろう。ヤニックはそう考えた。

ところで、私はトゥール・ラングに毎日通って、ある疑問が浮かんだ。

ここの学校には校長がいないのだろうか、と。

ピシッとした高価なスーツに身を包んだ威厳あるフランス人男性を私は学校で見たことがなかった。ひょっとしたら、日本人・事務員のナオコさんが若いのに校長だったりするのか？　そんな疑問が浮かんだ。

あるとき、休み時間になり、みながいつも集うプチ喫茶室でコーヒーを飲みながら、ヤニックに尋ねた。

「ここの学校の校長は誰なんですか？　一度も見たことがないんですけど」

「えー、知らないのか。誰だろうね。フフフ」

と、ヤニックは笑う。誰なの、誰なのと繰り返し尋ねると、彼はいった。

「他の生徒に聞いてみな」

午前のクラスが一緒で、社会人になって働いた後、会社を辞めてフランスに来たアキコさんに私は尋ねた。

「え？　健二、知らないの？　ヤニックが校長なんじゃん」

フランス人ならばそこで、

「Oh la la《オーララ》」

というだろう。思いもしなかっのたで、私はたまげた。

ヤニックは微笑してこちらを一瞥して、

「これからは注意したまえ」

と、冗談っぽくいった。

◆遠足で古城へ

私がトゥール・ラングに来て二週目の金曜日、エクスカーション（遠足）として講師二人が運転する車に参加者が乗って、シュノンソー城（Château de Chenonceau）へ向かった。トゥール・ラングでは毎週金曜日はエクスカーションの日になっている。生徒から希望者をつのり、無料で（入場料は各人が払うが）近郊のお城や城塞など観光スポットに講師がつれていってくれるのだ。

シュノンソー城につき、入り口のチケット売り場で、学割価格で入場券を買い、入場する。ロワール川の支流・シェール川に、一六世紀に建立されたシュノンソー城は夏になると、観光客でごった返す。

美しい庭園が眼前に広がり、その向こうにシュノンソー城がそびえ立つ。シュノンソーの周りはお堀になっており、あたかも水の上に城が浮いているように見える。

城を見るとツバメがピーピー鳴きながら群をなして飛び回っている。わたしは一人で城内に入った。城内は観光客であふれ、さながらテーマ・パークのような賑わいであった。暑苦しかったので涼みに、城の裏口に出ると、その週からトゥール・ラングに通い始めたケイコさんがいた。初めて話すので、簡単な挨拶をして集合場所の庭園へと向かった。

ケイコさんは大学四年生（当時）で家政系の大学に通っているという。フランス語の勉強など一分もしたことがないのに、香水文化の進んだフランスという国に興味を持ち、やってきたという。将来、香水関係の仕事に就きたいといった。お互いの自己紹介をしているうちに、全員、集合場所に集まってきたので、車へと向かった。

エクスカーションの一行。中央のおじさんがヤニック校長

水際に立つシュノンソー城

学校前に車がつくと、生徒が続々とおりて、「よい週末を」（Bon weekend）といって帰っていった。

◆フランス語を全く勉強せずに留学したケイコさん

私はその後、ケイコさんと親しくなり、おしゃべり友達になった。彼女はフランス語をまったく話せず、授業はABC《アーベーセー》……から始まった。

英語もたいして話せないのに、ケイコさんはホームステイを選んだ。それでは、家族とコミュニケーションがとれないではないか。いったいどうしてホームステイにしたのかと尋ねると、彼女は真顔でいった。

「トゥール・ラングに薦められたんだよね。ホームステイが一番、フランス語が話せるようになるっていわれて」

初級者や中級者であれば、ホームステイをすればフランス人と接し話す機会が、ステュディオで一人暮らしする人より多くなるだろう。しかし、まったく話せない初心者には、ホームステイは地獄のような日々になりうる。まず、朝・夜と食卓をホスト・ファミリーと共にする。そのとき、ケイコさんはひとりだまり、母と父、高校生ぐらいの息子と小学校低学年の子どもが彼女に気をつかうわけでもなく、フランス語で会話する。ケイコさんは言っていることが分からないから、当然、話に加わることはできない。一人下を向いたまま黙々と食べる。低学年の息子が必死に話しかけてフランス語を教えようとするのだけれど、何をいっているのかちんぷんかんぷん。母親が「やめなさいよ」というそぶりをしたそうだ。

「彼女はまったく分からないんだから、話しかけなさんな」

そんなことを言ったんだろうナ……とケイコさんは思った。

でも、フランス語ができなくても、低学年の子はよく遊んでくれたという。一緒に散歩したり、公園で遊んだりと、まるで子守のお姉さんのような役になった。彼女にとってその男の子だけが言葉を越えて意志疎通できる相手で、初めは肩身の狭い思いをしっぱなしだったけれど、子どもと親しくなってからは少し家族に近づけたという。

あと、ケイコさんのホームステイ先は夕ご飯の手抜きが多く、全部缶詰という日もあった。料理の質がひどいので一度、肉ジャガをつくってみせた。そうしたら家族か皆、「美味しい」といって、肉ジャガはすぐになくなった。

ホームステイはあたりハズレがあるから難しい。

家庭によって料理は異なる。時間をかけて丁寧に夕ご飯をつくるところもあれば、缶詰やレトルト食品を平気で出すところもある。家族によっては門限を定める。

性格が家族と合わないと嫌な思いをする。ある女性は毎日のように、マダムから、「あなたのファッション・センスは悪い」とけなされたと憤慨していた。ひどいホームステイ先がある一方で、家族の一員であるかのように受け入れてくれるところもある。

一八歳でフランスに留学してきたクルミちゃんは、ホームステイ先のバカンスに同行させてもらい、一緒に二週間、楽しい休暇を過ごした。クルミちゃんはバカンス後、すっかり日焼けした肌で現れた。

◆トゥール・ラングは良い学校だった

六週間などあっという間だった。六週間トゥール・ラングでフランス語を学んだが、少人数クラスのため話す機会が多く、私のフランス語力はずいぶん鍛えられた。日仏でいくつもの語学学校に通ってきた経験からいうと、トゥール・ラングは質の高い学校だ。

一日に進む文法事項は多くなく、文法の説明や練習問題が載ったＡ４のプリントを午前中に一枚、多いときで二〜三枚配る程度で、生徒の発言が重視される。たとえば、半過去・複合過去の違いについて習ったときには、それをつかった文章を口頭で述べよ……といわれた。すらすらいえる人などはいない。つっかえ、言い間違いをしながらも、自分なりの文章をつくって述べる。少人数制という特性を生かした実践的で会話重視の授業が続けられる。生徒にたくさん発言させる授業の進め方を私はすごく気に入った。

親日家の講師が多いから、日本人の得手・不得手というものをよく知っている。日本人は語彙が豊富だったり、文法に精通していたりする。でも、それをつかって表現するのが苦手だという傾向を熟知している。だから、とにかく文単位で発言するように言われる。一語だけで（たとえば、Oui《ウイ》とかNon《ノン》とか）答えたりすると、「文で答えなさい」といわれた。教科書でえた知識を日常生活でつかえるようにする、知識をただ頭の中にしまっておくのでなく、それをつかって表現できるようにするため、授業が進められる。

毎週末、無料で行われるエクスカーションは楽しかった。レオナルド＝ダヴィンチが晩年を過ごしたアンボワーズ城やかつての要塞に行った。他の学校について調べたけれど、エクスカーションがないところやあったとしてもお金を払わなければ参加できないところがほとんどだ。トゥール・ラングはめずらしい。

第６章 パリでのホームステイ＆語学学校

１　ホームステイ

私のパリ生活はホームステイで始まった。語学学校・エルフ（ＥＬＦＥ）がステイ先を手配してくれたのだ。私の滞在先はアパルトマンの二階にある部屋で、居間・食堂・台所があり、私が与えられた個室にはベッドがふたつあり、シャワーもついていた。インターネットはつなげられないけれど、ベッドはふかふかだし、満足のいく部屋だった。

マダムと主人と会った初日、夕食を一緒に食べた。マダムは六〇歳を越えているように見えたが、母親がまだ健在でよく家に遊びに来た。孫が七、八人いるらしく、孫達の写真が廊下に飾られてあった。

無口な主人とよく話すマダム。二人とも隠居生活のようで、娘・息子の家に遊びに行くことが多く、留守の日が週に一、二日あった。

これはあとで知ったことだが、その一帯は金持ちが住む高級アパルトマン街として知られているそうだ。なるほど、たしかに二人は金持ちそうだった。部屋は広々としているし、マダムは家事というものをほとんどやらず、食器洗いの機械があり、お皿も自分では洗わない。掃除婦が二週に一回来て、部屋を隅から隅まで掃除する。家で二〇人くらいの人を集めてパーティーをやったこともあった。皆、高そうなお召し物をした人たちばかりだった。

二人の名字と名前の間には貴族称号の「De《ドゥ》」がついている。

貴族の家柄なのかもしれない。でも、ヤニックから一度、

「貴族称号の『ドゥ』は金で買う場合もある。だけど、それは買ったものか、そうでないかなんて聞いちゃだめだよ」

といわれていたので、そのことには触れなかった。

◆ホームステイを選んだ四つの理由

一〇月から学生寮に入ることになっていた。日本にいるときから、それまでの一ヶ月（二〇〇四年九月）、アパートに一人暮らしするか、ホームステイにするか悩んだ。一人暮らしの場合、

①パリの一人暮らしは高くつく
②生活面での不安が大きい
③悪徳不動産屋がいる（と聞いた）
④老朽アパートが多い

といった心配があった。

①については、アテネ・フランセの掲示板にアパートの物件の案内が出されていたが、どれも一ヶ月あたり一〇〇〇ユーロを超えものだった。日本にいるときに、パリに居住していた友人に話を聞いたが、七〇〇〜九〇〇ユーロは家賃でとられるという。ならば、ホームステイのほうが安あがりだろうと考えた。語学学校・エルフが提供するホームステイ先は、朝食付ならば家賃・その他費用含めて、月六〇〇ユーロ。一人暮らしの場合、電気代・水道代・朝食代・洗濯代など全て自分で支払うのだから、そのことを考えればかなり割安であろう。

②については、一人暮らしの場合、ゴミ出し・掃除・食器洗い・洗濯・食事づくりはもとより、部屋探し・賃貸契約・家賃の支払い・部屋のメンテナンス・部屋の修理などのトラブル対応 etc をすべて、自分で引き受けなければならない。もし、シャワーがこわれてお湯が出なくなったら、もしお風呂の水があふれ出し部屋がびしょびしょになったら、もし鍵を室内に忘れて入れなくなったら……。すべて自分で対処するのだ。私は自分のフランス語能力に自信がなかったから、その手の面倒なことはやりたくなかった。ホームステイならば、面倒くさい手続きをしないで済む、室内にトラブルがあっても自分ひとりで対応しなくて済む。そんな理由からホームステイを考えた。

③も同じことで、一人暮らしをするとなると、自分で部屋を探して、契約しなければならない（語学学校が代行してくれる場合もあるが）。当然、フランス語を解さず事情に疎い日本人など、悪

徳不動産屋のカモになる可能性が高い。契約社会であるから、入居した後に「こんなところだとは思わなかった」と怒ったとしても、契約がすべて。とりつくしまもない。

④の点は、パリによくいえる話だ。パリのアパートは、老朽化しているものが物件として出ている。古い部屋・家にはトラブルがつきもので、シャワーのお湯が出づらいなど欠陥を抱えている可能性が、新しい物件より比較的大きい。

以上のような点から、パリではまずはホームステイにすることにしたのだった。

◆洗濯機をめぐるマダムとのトラブル

フランスに行ってから、ホームステイと一人暮らしを経験して、どちらがお得か考えてみた。ステュディオやアパートメント暮らしで多少、確認しなければいけない点は、洗濯機がついているかどうかということだ。洗濯機がないと服を手洗いするか、コインランドリーに行かなければならない。コインランドリーは、洗濯が七キロまで三・三〇ユーロ〜四ユーロ(約五八〇円)で、乾燥機は高い。トゥールのある比較的安いコインランドリーでも、七分使用で〇・五〇ユーロ(約七〇円)。一四分使用すれば一ユーロ(一四五円)かかる計算だ。

トゥールで暮らしたステュディオには洗濯機が備わっていなかったので、週に一度、まとめてコインランドリーで洗濯することにした。乾燥機代がもったいないので、スーパーでハンガーを買い、部屋中に洗濯物を吊した。窓にもできるだけ吊したので、部屋は湿度がぐんと上がり、ムワッとした。それでも夏であれば、二四時間、室内で干していても乾いて、パリッとした。

パリのホームステイ先ではマダムから、

「洗濯は週一回だけしてあげるから」

といわれた。夏だから服は汗を吸い、そのまま放置しておくと悪臭が漂う。だから、私はなるべく手洗いをするようにした。

洗濯をめぐってちょっとしたトラブルがあった。

第一回目の洗濯の日、私の一週間分の服がすべて、洗濯機に収まらないという。洗濯機は困ったことに小さく、どうも、マダムは夫の服もまとめて入れて、結果、私の服は一部、入りきらなかったようだ。

「入らなかった分は来週ネ」

と、マダムにいわれた。

夏服ですら、一週間分の服が洗濯機に収まりきらないのでは、冬のときは三〜四日分しか収まらないのではないか、と思った。

2　語学学校「エルフ」

◆第一週目

語学学校「エルフ」（ＥＬＦＥ）の授業初日の月曜日、朝八時に起床した。一〇時からクラス分けの試験を受けなければならない。キッチンに行くと寝間着姿のマダムがコーヒーを入れ、パンを用意している。

「これを食べなさい」

茶色のパンをトースターで少し焼き蜂蜜やジャムをつけて、頬張った。インスタントのコーヒーとオレンジジュースを飲んでから、家を出て最寄り駅のポルトドサンクルー駅（Porte de St Cloud）に行った。九番線にのってミロメニル駅（Miromesnil）まで行き、そこで二番線に乗り換え、学校の最寄り駅・プラスドクリシー駅（Place de Clichy）で降りた。学校はパリの九区にあり、地図を見ながら住所を頼りに探しあてた。学校の周りは閑静な地区で、パリにはめずらしく一軒家のつくりだった。学校長に聞いてみたところ、一八世紀の邸宅を買い取ってそれを校舎にしたのだという。

設立してから二〇年近くたつ同校は小規模な学校で、講師の他に校長を含めて英語が堪能なスタッフが四人いて、受講生一人一人とすぐに顔見知りになる。受講者六人以内の少人数制だったので私は同校を選んだ。「エルフ」（ＥＬＦＥ）という名前は、「外国人のためのフランス語学校」(École de Lange Française pour Etrangers) の頭文字をとったものだ。

階段をのぼって二階に行くとスタッフがいた。名前をいうと、教室に通された。そこには誰もおらず、面接試験をするので待機するようにと指示された。五分ぐらいして呼ばれて、中年の女性講師による面接を受けた。日本では余り知られていないイギリスの女優・トレイシー＝ウルマン (Tracey Ullman) に講師はそっくりだった。

「フランス語を勉強してからどれくらいになりますか？」

「どこの国の出身ですか？」

「フランスにはいつ来ましたか？」

「なんでフランスに来たのですか」

そんな簡単な質問を五分ほど問われ、応えた。最後に、

「日本では何という学校で習っていたのですか」

と尋ねられたので、

「アテネ・フランセです。御存知ですか」

「ああ、とても有名ですね。そこから来た生徒をたくさん見てきました」

という。

私はそのあと、別室に通されて筆記試験を受けた。簡単な文法の問題ばかりで三〇分ぐらいで

終えられた。答案をスタッフに出すと、二階のラウンジでコーヒーとクロワッサンが朝食として出された。

翌日から授業は始まった。私が入ったクラスは日本人女性が二人いて、残りの二人は外国人だった。エルフではより多くのフランス人と接するために、週に二人の講師に習う。ツアーのガイドをバイトでやっている女性講師に私たちは月水金に習い、火・木はウルマン似の先生に習った。

その週の金曜日には、二階にあるテラスで歓迎パーティーが行われた。白ワイン、赤ワイン、シャンパンが用意され、サンドイッチなど軽食も用意されている。パーティーはその月の金曜日に何度か行うという。他のクラスの人々とも交流でき、とても楽しいひとときを過ごすことができた。

◆香水の歴史に関する初めての発表

エルフにはパソコンが二台、生徒用に開放されている。

一台は日本語が読めないため、もう一台でしか、日本のニュースをチェックできなかった。私は週一五時間のクラスを受講していたので、授業は九時から始まり二時間ぐらいたつと一〇分ほどの休憩を挟み、一二時過ぎに終わる。

私は自分のノート・パソコンでメールをチェックしたかった。

ノート・パソコンを接続させてもらえるか、事務員に尋ねると、男性校長に聞いてくれという。

私は校長室に行った。

校長室にあるＡＤＳＬをつかっていいヨと校長はいい、校長の机で彼と向きあいながら、メールをチェックした。その間、いろいろとおしゃべりをした。

彼の父親は軍人で、校長も軍人出身だという。そういえば、いかつい体をしている。スーツにネクタイ姿でも、ガタイの良さが分かるほどだった。

エルフの授業は心地よく、二週目に皆の前で一つのテーマについて発表（exposé《エクスポゼ》）せよという課題が出された。香水の歴史について私は発表することにした。フランスは香水の国だから、適したテーマだと思った。

発表の日、私は次のような話をした。

フランス人はかつて動物性の香水を好んでつけた。それは体臭をさらにひきたてるものであり、人間の臭さは良い匂いだと思われていた。しかし、衛生という概念が入ると同時に、「良い香り」も変化する。植物性の香水が好まれるようになり、体臭がないことがよしとされた。

これは香水の歴史を学ぶ人ならば誰でも知っている基本的な話である。

生徒や講師からは「興味深い話だ」と好評だった。

◆在籍クラスが消滅して、難関クラスに編入

エルフに通うようになって三週間目。それまで、在籍していたクラスから、別のクラスに移ることになった。

それまでのクラスは、文法項目では自分がまだ未習のところを教えてくれたし、会話レベルにおいては、他の生徒は皆、つっかえながら会話をする人たちだったし、レベルが自分にピッタリあっていて満足していた。パリにある小規模学校の性《さが》なのだろうか、短期間で学校を去っていく人も多く、私のクラスには一週目は私を含めて五人の学生がいたのだが、一週目で二人去って、二週目で二人去った。けっきょく、私以外、みな消えてしまい、クラスが消滅してしまったのだ。

そして、一つレベルが上のクラスに、私は組み込まれた。クラスには、日本人の女子大学生が一人、イギリス人の女子大学生が二人、メキシコ人の女子大学生が一人いた。授業が始まって、苦痛を覚えるようになった。私以外の生徒は皆、それぞれの国の訛りをもってはいるけれど、つっかえることなく流ちょうにフランス語を話せる。授業では、フランスのニュース番組を見せて、議論することもあった。みな聞き取れるし、話せる。私は三〇%程度ぐらいしか、講師がいっていること、教材から流れる音声を理解できない。

授業がおわったあと、事務室にいって相談した。クラスが変更できないか、と。事務員の女性は私に云った。

「クラスを変えるとなると、下のクラスにいくことになるけど、そこはあなたにはきっと簡単すぎる。いまのクラスに止まったほうが、あなたは成長できると思う。まあ、よく考えてみて。クラス変更は火曜日まで受け付けられるからね」

簡単すぎるクラスよりは、難しいクラスに残った方が、力は伸びる気がしたから、クラス変更をしないで、いまのクラスに居座ることにした。でも、けっきょく、新しいクラスで過ごした二週間、あまり身にはならなかった。講師が話したこと、板書したことを必死にメモして、自宅で辞書をつかって意味を調べて復習するのだが、けっきょく、授業中に何が話し合われたのかすら、理解できないこともあった。

あと、他の生徒にヤル気がなくて、それも愉快ではなかった。毎日、時間通り、遅刻しないで現れるのは私と講師だけ。一〇分の休み時間も、イギリス人二人がパソコンからなかなか離れず、授業に戻ってこないから、二〇分休憩になってしまう。一二時近くになると、教科書・ノートを早々に片づけて、帰る準備を始める。

テストの点数が悪くて、居残りを命じられた放課後の授業みたいな怠惰な空気が、教室を覆っているように思えた。

少人数のクラスだと、機械的に授業が進められるわけではないから、一人一人の生徒のレベル、質にも左右される。イイコトづくしではないことに気がついた。

エルフはホームページ▼で日本語サイトも用意している。入学申し込みは日本語サイトからできるので、フランス語のレベルがゼロでも大丈夫だ。スタッフは英語で対応できるから、質問があるときは英語かフランス語でメールすればよい。

第7章 学生天国！――国際大学都市――

1　留学生五五〇〇人が暮らす国際大学都市

◆パリ南端にある巨大寮の家賃は超格安

さて、この章ではパリ・ホームステイのあとに住んだ学生寮の話を紹介したい。

パリ南端には国際大学都市（Cité internationale universitaire de Paris）というエリアがある。名前からして国際大学という大学を中心とした近代的な都市を連想するかも知れない。かつてそこで暮らしていた日本人から、「代々木公園みたいなところだよ」といわれていたのだが、緑あふれるその敷地は確かに、都市というよりは公園と呼ぶ方がしっくりくる。そして、自然豊かな敷地にたくさんの寮が並び、学生が暮らす。

「パリで学ぶならば、ぜひそこに住んだ方がいいよ」

私に国際大学都市の存在を教えてくれた人はそう強調した。

国際大学都市中央館（Wikipedia より）

国際大学都市日本館
（Wikipedia より）

外国人との出会い……。

留学した以上、異なる国から来た、異なる言葉を話す、異なる生活習慣を持つ外国人と知り合いたいと誰もが思うだろう。日本を発つ前には、外国人に囲まれながら、楽しくスクールライフを過ごす自分の姿を夢見るはずだ。

そんな人にとって国際大学都市は最高の住処であろう。

その敷地は三四ヘクタール、東京ドームが七個以上、入るスペースだ。広大な敷地には三七の寮が建ち並び、約五五〇〇のベッドが存在し、敷地内にはカフェテリア、郵便局、学生レストラン、図書館、プール、テニスコート、体育館、スポーツグランド、音楽施設があり、勉強・芸術・スポーツには、うってつけの場所だ。天気がいい日には、広大な芝生で学生たちが寝転がり、読書したり歓談したりしている。コンクリートで舗装されていない砂利道、石造りの道、緑あふれる環境……。喧噪とは無縁の国際大学都市の敷地を歩いていると、パリ郊外の長閑な公園に来たような錯覚を覚える。

入居するのは聴講生、大学生、研究生、教師、演劇家、芸術家で、一二六ヶ国の人々が生活している。フランス人の占める割合は二〇〇四年で約三五%だ。

各国の寮があり、アフリカ館、アルゼンチン館、アルメニア館、ベルギー館、ブラジル館、カンボジア館、カナダ館、デンマーク館、ドイツ館、イギリス館、ギリシア館、インド館、イタリア館、日本館、レバノン館、ルクセンブルク館、モロッコ館、メキシコ館、モナコ館、オランダ館、ノルウェー館、ポルトガル館、スペイン館、スウェーデン館、スイス館、チュニジア館、アメリカ館があって、それぞれの国にちなんだ建築様式だ。日本館はお城風の様式で、ギリシア館は神殿のごとき荘厳な建物だ。

各館では定期的に映画上映、パーティー、音楽披露、シンポジウム、自国の芸能披露といったイベントが開催されており、国際交流が奨励されている。また、寮生はただ住むだけではなく、新しい学年度ごとに各々の寮で委員が選挙で選ばれ、自治委員会が組織され文化活動・自治活動が行われる。生徒会活動の国際版といった感じのものだ。

寮費は月三二〇ユーロ（約四万五〇〇〇円）ほど（館によって若干、異なる）という破格の価格、しかも電気代・水道代・インターネット代込みだ。各部屋、インターネットに接続できる寮もあれば、図書室・コンピューターールームでネットに接続できるようにしている寮もある。どこも無料で使用できる。さらに、週に一、二回、掃除夫／婦が来て掃除をしてくれる。

六〇ユーロほど支払えば、テニスコートと巨大なプールを一年間、つかえるようになる。

国際大学都市に入るための書類が在日フランス大使館で配られているので、配送してもらうといい。学歴・専攻・住所などを記す経歴書（指定の用紙がある）と、志望動機のエッセイが課される。締め切りは例年五月末で、合格通知はだいたい、八月頃上旬に届き（年によって異なる）、一〇月からに入居できるようになる。

もし、国際大学都市に入りたい人は、在日フランス大使館に問い合わせると良い。

◆国際大学都市の歴史——日本館誕生秘話

さて、国際大学都市はいったい、どのようにして形作られたのだろうか。

その歴史は一九二〇年に始まる。当時、山手線内の大きさしかないパリ市は人口が密集しており、学生がパリ市内で住まいを見つけるのは困難を極めた。文部大臣であったアンドレ＝オノラ(André Honnorat)氏は事態を改善すべく、世界中の学生が交流でき、望ましい環境で研究に専念できる宿泊施設をつくる計画を発案し、実現のために全力を傾注する。資金を獲得するために、資本家、実業家、地方の団体、フランス政府に必要性をアピールした。アイディアを告知するために、彼は全国、かけずり回った。

努力が実って、一九二五年六月六日に、パリ国際大学都市・全国基金(la Fondation nationale de la Cité internationale universitaire de Paris)が創設される。財産管理を任されたパリ大学は、基金に対して大学都市を設立・運営するよう指示した。施設が建立され、同年秋には、はじめての学生が入居した。それ以来、国際大学都市は発展してきて、現在では三七の寮が存在する。

国際大学都市の中央門に入って左手には、功績をたたえて、オノラ氏の胸像が飾られている。

日本館が建てられたのは一九二七年のことである。

日本館創設を語るには、アンドレ＝オノラ氏とともに、日本館の精神上の父親の一人といわれているポール＝クローデル(Paul Claudel)氏について語らなければなるまい。一八六八年八月六日生まれのクローデル氏はフランスの詩人、劇作家、外交官だ。戯曲「黄金の頭」（一八八九年）、「都市」を発表後、外交官として各国に駐在、一九二一～二七年には駐日大使となり日本文化に理解を示した。古典に親しむかたわら、悲劇「真昼に分かつ」や奇蹟劇「マリアへのお告げ」（一九一二年）、一六世紀末スペインを舞台に神の掟で禁じられた愛を描く「繻子《しゅす》の靴」（一九二九年）等の詩劇、「五大賛歌」（一九〇一～〇八年）等の詩を発表した。

クローデルが一九二一年にフランス大使として日本に赴いたとき、二つの使命をかかえていた。東京に日仏会館を建てることと日本の市場を拡大することだった。しかし詩人で劇作家である彼はさらなる夢を持っていた。フランス政府から託された二つの使命を大使として実行しながら、さらにパリに日本館を建てることを望んだのだ。パリの日本館建設は東京の日仏会館と一対を構成するためのものだった。一九二四年一二月の東京日仏会館開館式において彼はこの構想を明言した。彼の夢は、東京日仏会館とパリの日本館が相互に学生や研究者を送ることだった。両国における知識（クローデル氏の表現では「思想と伝統」）が深化された形で受容されるためだった。研究と交流から豊かな実りがもたらされることを彼は期待していたのだ。クローデル氏のこの双方から影響を与え合うという構想は、壮大なもので、世界規模のものだった。

しかし、クローデル氏の大きなスケールの計画を前に、不況のさなかにあった日本政府はとりわけパリの日本館建設について積極的な反応を示さなかった。

クローデル氏に協力を申し出たのは、「東洋のロックフェラー」とか「東洋の貴公子」とパリで呼ばれた富豪の薩摩治郎八《さつまじろはち》氏だった。彼は東京にクローデル氏に会いに行き、クローデル氏の夢の実現のために資金提供をする用意があることを伝える。援助提案を喜んだクローデル氏はすぐにパリ国際大学都市創始者アンドレ＝オノラ氏に薩摩氏を紹介し、薩摩氏はオノラ氏のことを「唯一無二の親分」と呼ぶようになる。そして、日本館が一九二七年に薩摩氏の資金提供によって完成した。（参考文献　牛場暁夫『日本館の誕生と今後』、二〇〇四年一一月四日スピーチ）

2　日本で入居手続き

◆フランス語学科出身の異色弁護士の協力を得て日本で申請手続き

私は国際大学都市に住むための手続きを日本で進めた。

まず、フランス大使館文化部から二〇〇四年四月に国際大学都市の願書を郵送してもらった。当時の私のフランス語レベルは入門を終えたばかり。アテネ・フランセの木崎貴規・講師の助けを借りて、なんとか願書の必要事項はすべて記入できた。しかし、志望動機書はフランス語で書かなければならない。どうにもならないから、外注することにした。

動機書を英文で書き、それを仏訳してもらうことにした。

仏訳してくれたのは、前から付き合いのあった弁護士の石本伸晃さんだ。翻訳料は一万二六〇〇円（税込み）。

『ピエールの司法試験合格レシピ』『ピエールの司法修習ロワイヤル』（以上、ダイヤモンド社）『政策秘書という仕事――永田町の舞台裏を覗いてみれば』（平凡社）という著作のある石本さんは異色の弁護士で、大学は法学部でなく横浜市立大学文理学部仏文科を卒業している。在学中に一年、南仏にあるモンペリエ大学に留学したこともあり、フランス語を流暢に話す。彼は大学卒業後、外資系の銀行に勤め、妻との離婚を経験して、司法への道を志す。銀行に勤めながら司法試験の勉強をして難なく合格する。さらに異色なのは、司法試験を受かりながら、弁護士・裁判官・検察官にはならず政治家の政策秘書という第四の道へ進んだことだ。石本氏が秘書を務めたのは、川田悦子・衆議院議員（当時）。川田さんが落選して、彼は弁護士になり、下北沢で法律事務所『コモン法律事務所』▼をかまえている。

フランス留学を相談したい人、法律に関する相談をしたい人は連絡してみるといい。

◆滞在許可証をえるために国際学生都市を訪れたのだが……

私が初めてパリの国際学生都市を訪れたのは、フランスに来てから七日目の金曜日のことである。先に述べたとおり、フランス北部のリールで三週間、トゥールで六週間過ごしてから、私はパリで生活することになっていた。幸いなことに二〇〇四年一〇月から二〇〇五年六月末まで、国際大学都市へ居住する資格を私は得ていた。

フランスに長期滞在する場合、「長期滞在許可証」というものを長期居住する地区の警察署・

各県関連施設で申請する必要があり、滞在許可証を取得しないまま一定の期間を越えてフランスに留まれば、「不法滞在」ということになる。渡仏する前に、フランス大使館や大学などに、どの地区（リールか、トゥールか、パリか）で申請するべきか照会したのだが、皆、分からないという。長期留学生にとって最も重要な書類だというのに、大学も大使館も把握していないことに戸惑いを覚えたが、パリで一年過ごすのだからパリで申請するのが当然だと勝手に判断し、書類申請すべく、滞在地のリールからTGVに乗ってパリへと赴いたのだ。

長期滞在許可証を取得するためには、財政証明書や留学先の語学学校なり大学なりの入学許可証などの各種資料の提出が義務づけられており、その一つに居住証明書というものもある。その名の通り、どこで生活しているか……を証明するものであり、ホームステイの場合はステイ先家族の電気代・ガス代の領収書、免許証などが必要とされ、一人暮らしの場合は大家との契約書、電話代の請求書などが求められる。

私は一〇月から国際大学都市の寮に暮らすことになっていたので、それを証明する資料が必要だった。居住証明書をもらうために日本館を訪れ牛場暁夫・館長（当時。慶應義塾大学教授）に会う必要があり、事前にアポイントメントをとり、その日、伺うことになっていた。

九時頃リール出発のTGVに乗ってパリ北駅に着いたとき、小雨がふっていた。パリ郊外電車（RER）B線へ乗り継ぎ、パリ南端にある国際大学都市へ向かった。

国際大学都市駅でおりて、改札を出てエスカレーターにのり外に出ると、駅を背にしたところに緑が美しく生い茂る公園があった。国際大学都市は代々木公園みたいなところだよ、という知人の助言を覚えていたので、ここが国際大学都市かと思い、入る。しかし、そこは木々が高く生い茂り池があるけれど公園でしかなく、建物らしきものはまったく見あたらない。あとで知ることだが、そこは自然を生かしたイギリス式庭園を持つモンスーリ公園だった。

駅に戻り横断歩道を渡ると、国際大学都市と書かれた建物があった。

中央の門をくぐると、地図が書いてあり、各国の寮がどこにあるのか記されている。日本館があると思しき方向に向かうのだけれど、各国の情緒を醸し出している建物があり、日本館らしきものが見つからない。すっかり迷っていると、瓦屋根の建物を見つけた。これが日本館と思い、インターフォンを押すと、事務員のフランス人女性のおばさんが出る。

「英語で話しても良いか？」

というと、「だめだ《ノン》」という。

つたないフランス語で館長と会う約束をしていると伝えると何とか入り口をあけてくれ、館長室へ通された。

慶應義塾大学の教授で外務省からの出向扱いで館長を務められている（当時）牛場暁夫先生は笑顔で迎えてくれて、居住証明書をプリントアウトし、サインをしてくれた。国際大学都市に滞在許可証を申請するための事務室があると聞き、私はそこへ向かった。

事務員の女性はとても親切で、フランス人だというのに、英語で受け答えをしてくれた。

私が申請書類を出し、滞在許可証の手続きをすすめたいことをいうと、彼女は私にいった。

「アナタはここでは申請できません。なぜならば、あなたはまだパリに住んでいないからです。これからどこへ移るのですか」

「リールに三週間滞在した後、トゥールで六週間過ごします」

「そうですね。そうすると、トゥールで申請することになると思いますよ。トゥールに行ったら、役所にいってみてください」

わざわざパリへ来たものの、滞在許可証の件はまったく進展しなかった。

私はその後、パリ市内を観光した。パリ市内に来たのはこれが初めて。モンパルナス・タワーやエッフェル塔まで歩き、オペラ座に行き近くにあるブックオフへ行き、それからパリ北駅へと戻り、ＴＧＶでリールへ戻った。

3　アヴィセンヌ館

◆景観を壊している（？）アヴィセンヌ館（旧・イラン館）

二〇〇四年一〇月二日、ホームステイ先を出て、国際大学都市の学生寮へ引っ越しすることになっていた。私が泊まる寮はアヴィセンヌ館（Maison d'Avicenne）、もともとはイラン館だった。一九六九年に高名な建築家・クロード＝パラン（Claude Parent）氏によって「現代的な」建築に建て替えられ、無国籍の寮となった。館長はフランス人でパリ第一大学ソルボンヌの教授だった。

　アヴィセンヌ館は大学都市でもひときわ目立つ。まず、バカでかい。敷地内の寮は高くてもせいぜい五階建てなのに、アヴィセンヌは倍の一〇階建て。しかも、屋上にはフランスの携帯電話メーカー「SAGEM」の巨大看板広告が設置され、夜になると水色に発光する。また、各国の寮はそれぞれの国の歴史・文化・伝統を活かした落ち着きのあるクラシックなつくりなのに対し、アヴィセンヌ館は鉄骨組みで、外壁はトタン、スパイラル状の階段が外につけられている。文化の香りのない無機質そのものの建物。私の友人が国際大学都市を訪れた折、広大な敷地を散歩し、各国の特色が出ている美しい建物を見て感激した後で、私が自分の寮を指さしたら彼女はボソリと一言つぶやいた。

アヴィセンヌ館（Wikipedia より）

「あれですか？　景観、壊していませんか？」

　たしかに、景観という概念とはかけ離れた寮だった。

　私が泊まる部屋番号は九〇五号室だ。最上階の一〇階（フランスの言い方では「九階」）に部屋はあり、パリの夜景を思う存分に楽しむことができる。引っ越す前日に、寮に足を運び、事務所の開室時間を確認しに行き部屋を案内してもらった。

引っ越しの当日の朝九時に起きて、引っ越しの準備にとりかかった。前日までに荷物は詰めておいたので、作業は二階にある部屋から一階に荷物を運ぶことだけである。大きな段ボール二箱と本をつめた小箱、それと旅行用のトランク一つを一階の玄関におき、それからホームステイ先のマダムにタクシーに電話をしてもらった。鍵を渡すとマダムは、「学生生活を楽しんでね」といって、私の両頰にキスをした。

◆いざ引っ越しへ

アパルトマンの外に荷物を運び、タクシーを待っていると、数分でそれらしきタクシーが来たのだが私に気がつかず、そのまま走り去るではないか。慌てて手をあげふったら気づき近くに車を止めようとするが、スペースがなく後続車からクラクションを鳴らされる。

運転手は白髪まじりの口ひげ・あごひげを蓄えた白人で、頰はこけていて、髪は地肌がかいま見えるくらいに、禿げかかっている。彼は車から降りるなり、荷物の多さを見て、顔をしかめた。私が懸命にトランクに荷物を入れているのに、手を貸そうともしない。ため息をつきながら、見ているだけである。マダムが部屋から見ていたのだろうか、階下に降りてきて、タクシーの運転手と口論を始めた。

「旅行者だったら、荷物が多いでしょう。あなたは、旅行者をのせることはしないの？」

そんなことをいっていた。

運転手は
「私は引っ越し業者じゃないんだ」

と、文句を言っていたようだ（口論は早口のため、切れ切れにしか聞き取れなかった）。

けっきょく、マダムに言いふせられ、運転手はだまり、車に無言でのった。私もあとについて乗車して、

「国際大学都市へお願いします」

と伝えて、車は無事、出発した。

運転手は不機嫌なまま、走り出してからもずっと黙っている。五分ぐらい経ってから、

「学生なのか？」

と当たり障りのないことを聞いてきた。

途中で渋滞に巻き込まれることもなく、国際大学都市につきセキュリティを通過し、寮の前まで行こうとするも、すでに引っ越しのために車が何台も停車しており、近づけない。アヴィセンヌ館の隣のドイツ館の前にタクシーをとめ、二一ユーロ弱だったのだが、チップもかねて三〇ユーロ渡した。

◆驚愕の一言、「残念ながら、今日はここに泊まれません」

玄関に行きブザーを押すと黒人の管理人がドアをあけた。これから荷物を運ぶことを伝え、扉を開けたままの状態にしてもらった。荷物をすべて入れてから、管理人に自分の名前を伝えると、思いも寄らぬ一言が返ってきた。

「残念ながら、今日はここには泊まれません」

管理人・ピエールは申し訳なさそうにいった。旅行鞄、手提げ鞄、リュックサックを一つずつ、二五キロ近くある段ボール二つを携えて、引っ越ししてきたというのに、入居するはずの部屋に入れないという。管理人の口から出た言葉に愕然とした。

「問題が起きたんだ。今日は部屋に入ることができない。前の居住者が、引っ越ししないで、荷物をおいたまま、いなくなっているんだ。旅行にでもいったのだと思うが……。別の寮に部屋を用意してあるから、彼が帰ってくるまで、そこで滞在してほしい」

納得できない。前々から、退居期限はすべての居住者に通告されている。それを承知で、荷物を置いて出ていったのだから、勝手に処分したところで、問題もなかろう。居住する権利は、彼にではなく、現在、私にあるのだ。第一、帰ってくるかどうかすら、分からないのではないか。

「それは、私の問題ではない。彼の問題だ。前任者の荷物があっても、私にとって問題はない。勝手に捨てるまでだ。とにかく、部屋を見せてくれ」

と、自分のもてる表現力を駆使して、強く主張した。

管理人とともに、エレベーターに乗って、部屋に入った。

部屋には、Ｔシャツや雑紙が床に散乱していて、タバコの吸い殻がたまった灰皿が置かれている。机の上も、棚の上も書類や本で散らかり放題だ。少なくとも、引っ越しの準備をしているようには、まったく見えない。

「この通りだ」

管理人は困ったようにいう。部屋を出ると、

「この部屋はいいだろう。景色が最高だ。エッフェル塔もみえる」

管理人は気まずい雰囲気をまぎらそうといった。とりあえず、一階の入り口におりて、話を続けた。

「私はたくさんの荷物をもっている。見てくれ。これを別の寮に運んで、また、ここに持ってくるなんて、疲れる」

「わかった。この荷物は、物置に入れて管理する。それでいいだろう」

そういわれても、判然としない。次の居住者のことなど考えもせず、荷物を置いたまま姿をくらました〝ならず者〟のせいで、迷惑を被るなんて、納得できない。だが強引に、部屋に入って泊まるならば、ならず者の残したゴミを処分しなければならない。部屋の掃除もしなければならない。譲るしかないナ……と思った。

「わかりました」

というと、管理人は安堵した。

「荷物は、私が運んでおくよ。彼が出ていったら、部屋を掃除しておく。すっかりきれいになった部屋に入れるんだヨ」

けっきょく、二人で地下の倉庫室に荷物を運んだ。運び終えると、管理人は、

「ここで待っていてくれ」

といって、階段を上っていった。ピーターパンに出てくるミスター＝スミスのような愛らしさが漂う中年男性を連れてきた。

「ここの館長だ」

と、私に紹介した。館長の名はミッシェル＝クリストル（Michel Christol）氏、パリ第一大学ソルボンヌでローマ史を教える教授だ。館長は私の手を握るなり、準備がいたらなかったことをわびた。

けっきょく、私はノルウェー寮に数日、泊まったのだった。そして、数日してからアヴィセンヌ館に泊まれるようになった。

◆学生寮の運営と設備

アヴィセンヌ館には館長の他に事務員が二人いた。

二人の事務員は月曜日から金曜日まで、朝九時から一七時まで途中昼休みを挟んで事務室で働

いている。一人は細身で長身の眼鏡をかけた穏やかな白人で、もう一人は無口な白人女性だった。寮内のトラブルにこの二人が対応する。隣人に不満を持つ人がいれば別の部屋に移動させ、トイレ・シャワーの隣にある部屋に住む女性が、夜中シャワーの音がうるさくて眠れないといえば別の部屋にかえてあげる。部屋の電気がつかなくなったときには、いえばすぐに修理に来てくれた。寮内には常に用務員が一人、掃除婦のおばちゃんが二人いた。用務員は部屋に不備が生じれば修理にかけつけ、洗濯機が壊れれば修理し、シャワーのお湯が出なくなればそれをなおし、壁のペンキがはがれかかっていれば塗り直す。体をはった雑務は彼一人が手がけた。

掃除婦は決められた曜日に週一度、各部屋を掃除する。八階と九階が水曜日、五階と六階が火曜日というように掃除の日は階によって異なる。

アヴィセンヌ館は日本式でいう一〇階まであり、私は当初予定の最上階から一階下がって、九階の部屋に住んだ。窓からはパリの中華街にそびえたつ高層マンションがよく見えた。

アヴィセンヌ館には事務員の他に守衛がいた。守衛は平日ならば一五時からきて、二二時まで働く。一階入り口を入ってすぐのところにある受付につねにいる。守衛さんは二人いて、一人はポルトガル人の気のいいおばさんで、もう一人が黒人のおじさんだった。二人は交代で勤務し、土曜日・日曜日も来た。

アヴィセンヌ館にはジュースやコーヒーなどを売る自動販売機や、一階にはパソコンルームがあった。パソコンは四台あり、他にＡＤＳＬのケーブルが何本もありノートパソコン使用者はそれに接続すればよかった。曜日によって異なるのだが、朝九時にパソコンルームは開き、夜二二時に閉められる。一日中ネットにアクセスできるわけではないのだ。

地下には大型テレビとそれを見るソファーがいくつも用意された部屋があった。サッカーの試合があるときは多くの寮生がテレビの前に集まり観戦した。地下にはまた、洗濯機二台と乾燥機二台があった。洗濯は一回二・七〇ユーロという比較的安い値段だった。ただ、二台しかないため、休みの土日は混み合い、何人も並ぶ人が出た。比較的すいている平日の夜に、私は洗濯機をつかった。また、地下にはイベント用のでかい部屋があり、ここでパーティーなどが行われた。

4　フランス風寮生活

◆トイレもシャワーも男女共用の学生寮

パリの生活に慣れてしまうとさして気にならないのだが、パリの大きな駅には、世界的なブランド「デュレックス」(Durex) のコンドーム自動販売機が設置してある。

国際大学都市の学生食堂近くにある男性用トイレにも、洗面台の隣にコンドームの自販機が設置している。女性に確認してもらったところ、女性用トイレにも自販機があるそうだ。私が住まう学生寮にもコンドームの自動販売機が共用洗濯機の近くに設けられていた。

「女人禁制」の男子寮や「男子禁止」の女子寮が日本では未だに残っているが、フランスにおいてはカトリック系の寮をのぞけば、学生寮では異性の出入りは自由である。寮ではトイレ・シャワーは男女共用で、同じフロアに男女が共に住み生活する。

私の留学先・パリ第九大学ドーフィーヌのキャンパスでも、一部、男女共用トイレが存在する。入るなり、女性が鏡の前で手を洗っているところに出くわすと、間違えて女性トイレに入ったかと思い、慌てて外に出て標識を確認する……ということが、通学し始めたばかりの頃はよくあった。

アヴィセンヌ館もトイレ、シャワー、キッチンがそれぞれの階にあり男女共用で、男女が同じ階で生活する。各部屋にベランダがあるのだが、ベランダに柵がないため、端から端へ歩けてしまう。私の部屋に遊びにきた友人が、

「これじゃあ、隣の部屋を覗けちゃうじゃん」

と、驚いていた。

寮を出ていく人が何人かいるので月によって異なるが、私を含めた一四人が住む九階は、女性の数がたいてい男子より数人、上回った。週末ともなると、恋人が部屋に泊まりに来る寮生もいる。彼／彼女らの恋人たちとも廊下やキッチンで何度も顔をあわせるものだから、自然と顔見知りになる。いつだったか、深夜、トイレにいったところ、シャワー室から男女がいちゃつく声が聞こえてきたこともある。

少なからぬ日本人女性がフランスの学生寮に入ると、すぐに根をあげてしまうと日本館の館長がぼやいていた。男女共同のトイレ・シャワーなどが耐え難いそうだ。

国際大学都市の日本館はトイレもシャワーも男女別々にしている。館長によれば、日本人女性を配慮してのことだという。

◆隣の部屋で毎夜、「アンアンアン」と喘ぎ声

一年間、寮で過ごして忘れられない思い出がある。

日が昇る方向に向かって右隣の部屋には南仏から来たフランス人の男子学生が住んでいた。しかし、彼は二〇〇五年三月いっぱいで寮を出て、故郷へと帰った。代わりに入ってきたのは、ブロンドヘアのノルウェー人女性だ。いつも無愛想で挨拶しても素っ気なく返事するだけの彼女には巨漢の彼氏がいた。口ヒゲ・あごひげを豊かにたくわえ、英語を話す彼は彼女の部屋に毎晩、泊まった。彼には寮に泊まる権利はない。二人は同棲状態になっているというのに、しかし、寮の管理人も責任者の教授も何もいわない。プライベートには干渉しない放任主義だ。彼は正規の寮生のような顔をして寮内を闊歩していた。

他の部屋でも同棲しているカップルがいたから、そのこと自体はさして気にはならなかった。気になったのは夜の営みだった。

隣人の咳きすら聞こえるぐらいに寮の壁は薄かった。私のベッドと向こうのベッドを遮るのは、薄い壁一つだ。

だから、セックスの声は丸聞こえだ。

彼らは休むことなく毎晩欠かさず、セックスに励んだ。

土曜日には昼にも一発ヤル声が聞こえてきた。

そのバイタリティに私は感心させられた。毎日セックスする体力と愛情の深さには脱帽だった。

私はといえば隣人とは対照的で、禅僧のように慎ましく禁欲的な生活を送った。

◆ダンス・パーティーや新年会、上映会など各種イベント

国際大学都市ではそれぞれの館で様々な催しが行われる。

アヴィセンヌ館では料理持ち寄りパーティーがあった。寮に住む数十ヶ国から来た学生が、自国の料理をつくり持参するという企画だった。私がつくったのはかけうどん。手抜きもいいとこだ。西欧人の口にはまったく合わないようで、不人気だった。他の寮生は手の込んだ料理をつくってきた。多国籍の料理がテーブルに並べられ、割り箸と紙皿でそれをつまんだ。ディナーが終わると、ダンスパーティーになった。お酒が飲み放題なのに会費はタダ。私は強い酒をひたすら飲み、暴れるように踊った。

寮生が集まるパーティーは、クリスマスにもお正月にも催された。

日本館でも二〇〇四年一一月にパーティーがあった。日本館に住む学生と国際大学都市に住む日本人学生が限定で、各自何か持ちよる代わりに会費はタダ。解禁されたばかりのボジョレー・ヌーボーを私は持参した。日本料理が出され、ワインやシャンパン、日本酒が出された。音楽学

校に通う女性がピアノを演奏してくれる。すごいことに、楽譜もないのに、誰かが曲をリクエストすると、彼女はその曲を即興で弾いてくれる。スピッツの「チェリー」や「楓《かえで》」などポップスを私はリクエストした。

講演会や演奏会、映画上映会が国際大学都市では頻繁に行われる。各館でやることもあれば、敷地内の立派な劇場（théâtre）でやることもある。

私は一度、チュニジア館で開催された『千と千尋の神隠し』の上映会に行った。地下にある一室で映写機をつかいフランス語で放映された。

劇場で喜劇を見たこともあった。なかなかのできだった。

国際大学都市では毎週、どこかで何かしらのイベントがあるから、お祭好きの人にとっては天国のような場所であろう。

第3部

大学生活@パリ

パリ市街地

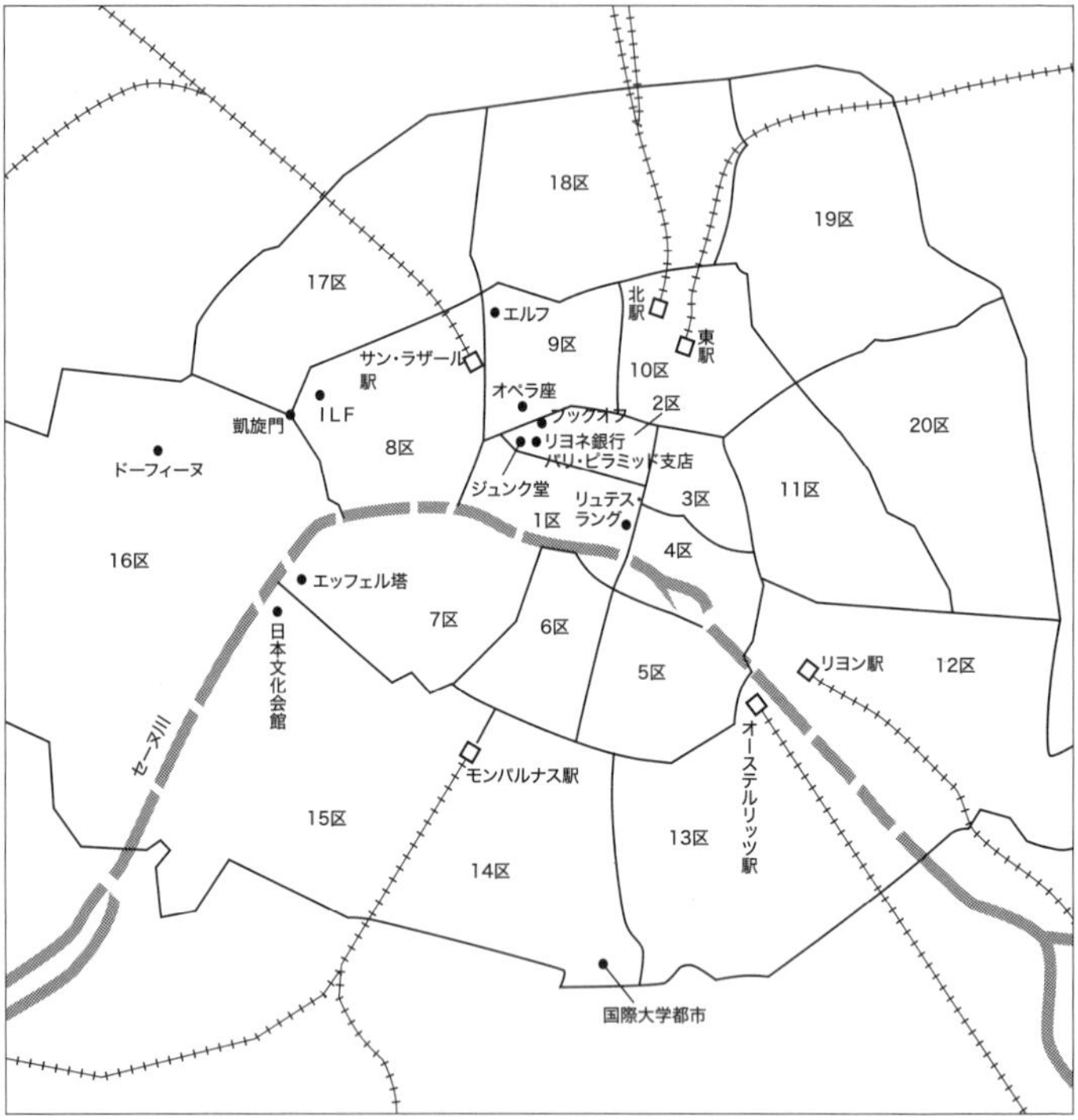
18区
19区
17区
北駅
エルフ
9区
東駅
サン・ラザール駅
10区
オペラ座
ILF
2区
ブックオフ
凱旋門
20区
リヨネ銀行
パリ・ピラミッド支店
8区
ドーフィーヌ
ジュンク堂
3区
11区
リュテス・ラング
1区
4区
16区
エッフェル塔
7区
6区
日本文化会館
5区
リヨン駅
12区
オーステルリッツ駅
セーヌ川
モンパルナス駅
15区
13区
14区
国際大学都市

第8章　大学生活がスタート

1　パリ第九大学ドーフィーヌへ

◆科目登録

二〇〇四年一〇月第一週からフランス国立大学パリ第九大学ドーフィーヌの講義が始まることになっていた。

九月初旬に留学生全員を大教室に集めて、プレゼンテーションが行われた。大学が主催する三週間のフランス語特訓コースがあるというが、自分は語学学校エルフに通うことになっていたから、特訓コースには受講の申し込みをしなかった。プレゼンテーションの日、背広にネクタイ姿で一九九九年一〇月から大学長を務めているベルナルド＝ドモントモリロン（Bernard de Montmorillon）氏が挨拶したあと、大学職員がパワーポイントをつかって大学の歴史・設備・講義・学生数などについて説明した。

経済学・経営科学を主に学ぶ大学としてドーフィーヌは一九六八年に創立された。大学の建物はNATO（北大西洋条約機構）の本部だった建物で、シャルル＝ドゴール大統領がNATOからフランスを脱退させた後、大学キャンパスとしてつかわれるようになった。大学の中ではレベルが高く、文部省によってグランゼコールの政治学院と同じ格付けにされている。同大学の説明によれば、学生総数は約九〇〇〇人。その内、一二六ヶ国から来た学生が学び、その人数比率は二三％だという。キャンパスにはグラウンドもなく、建物は官公庁の施設のように無機質なものだった。

大学には学生レストランがあり、昼・夜と開けられ、二・六五ユーロ（約三八〇円。二〇〇四年度の価格）でサラダ・デザート・パン・メインディッシュが食べられる。

説明会が終わると、トルコ人の女性に話しかけられた。彼女は一学期のみの留学で、トルコで日本語を勉強しているという。国際大学都市に住んでいることもあり、何度か食事を一緒にした。

九月下旬にはフランス語力をはかるテストが大学の大教室で行われた。リスニングのみの問題だった。また、科目登録も始まった。これが面倒な作業で、自分がとりたい講義の教官が所属する研究所ごとで科目登録が行われる。私がとりたかった講義は次の四つだ。

・戦略的経営論Ⅰ（Strategic management）
・人事管理論Ⅰ（Human resource management）
・経営戦略論（Corporate strategy）
・外国人のためのフランス語Ⅰ（略称 FLE。Français Langue Etrangère）

四つの講座とも異なる研究所が主催しているため、合計四つの事務所で科目登録をするハメになった。講義はどれも週に三時間だ。

大学は朝八時三〇分から始まり、最後の講義が終わるのは二〇時半だ。人によっては朝から晩まで講義をとり、一日中、大学にいる人もいた。私は午後の講義のみを選択した。午前中は語学学校に通い、フランス語を学びたかったからだ。

とりたい科目――戦略的経営論、人事管理論、経営戦略論――は全て登録できた。一〇月第一週から講義は始まる。

私がとった戦略的経営論は月曜日一三時五〇分から始まり途中休み時間をいれて一七時に終わる。

人事管理論は火、木の一九時から始まり、二〇時三〇分に終わる。

経営戦略論は水曜日の一三時五〇分から一七時までであった。

2　戦略的経営論

◆ハーヴァード大学と共同開発の経営戦略ゲームをつかった講義

パリ第九大学ドーフィーヌでの戦略的経営論Ⅰの初日。受講生は三〇名。フランス人が一〇名で、あとは外国人学生だ。アメリカ、デンマーク、ノルウェー、ドイツ、オーストリア、スペイ

大学教科書『経営戦略の探求』

ンなどから来た学生で、日本人・アジア系は私一人だから目立った。

指導教官は六〇歳過ぎの大御所教授・ダニエル＝オーモン（Daniel HAUMONT）氏だった。少しお腹が出て、眼鏡をかけた同教授は話し方はゆっくりだが、英語に精通している。

はじめに講義をどのように進めるのか説明があった。教科書は『経営戦略の探求』（Exploring Corporate Strategy）（Prentice Hall）第六版で、一一二〇ページという大著であった。事前に指定された教科書の章やケース・スタディーを読んでくるようにといわれた。

授業は前半の一部と後半の二部に別れ、一部では教科書に沿って教授がパワーポイントをつかった講義をする。毎回、ケース・スタディーをもとにディスカッションをする。一学期でやる内容は次のようなものだった。

・戦略と戦略開発
・戦略的ポジショニングと環境
・資源、コンピテンス、戦略的能力
・予期と目的

・全社戦略
・事業戦略
・戦略拡大の方向性と方法

二部ではハーヴァード大学とパリ第九大学が共同開発した経営戦略ゲームソフト『グローブストラット Globstrat』をつかうという。三〇人学生がいるので五人からなる六つのチームをつくり、ソフトで競争させるという。このソフトは各チームが経営者になるというもので、欧州・米国・アジアの三市場で経営を競争する。製品開発や海外進出の時期、人的管理、事業戦略、資金の借り入れなど、経営者が日々行っていることをソフトでやるというのだ。毎週一回、経営方針を決め、データ処理する。そうすると、コンピューターが計算処理し、すぐに各企業の成績、各地域・各市場のシェアなど結果を算出する。それをもとに毎週、経営の決定を各チームはしていくことになる。

私はフランス人女性二人とオーストラリア人女性二人とチームを組んだ。

成績は出席と発言回数・発言内容による平常点が二〇％、『グローブストラット』の結果が三〇％、学期末試験が五〇％をしめる。

◆経営戦略ゲームで最下位

大学が始まって一ヶ月はとにかく慌ただしかった。

どの講義でも落ちこぼれることなく、ついていくことができた。しかし、戦略的経営論の経営ゲームの成績は悪かった。

一〇月から一二月の最後の講義までこのゲームは続けられたのだが、我がチームは最初から最後まで最下位。一一月半ばに中間報告のレポートが課題と出され、我々はいかに経営再建に取り組み、業績を良くするのか書いてはみたが、結果は変わらなかった。

ゲームが終わると他のチームを引き離し、ダントツの最下位。もっとも経営状態が悪く、市場占有率も悪かった。二〇〇四年一月に入ると、各チームがどのように経営戦略を展開したのか、プレゼンテーションすることになった。成績の良かった順位にそって発表は進められた。

パワーポイントを用い、画像や音楽を豊富につかって皆、発表した。

勝利したチームは如何に自分たちか賢かったかを堂々と発表する。成績が悪いチームはどこが計算ミスだったか敗因について触れた。

我がチームは最下位だったから、発表は最後だった。

プレゼンテーションの冒頭部を私が話すことになった。ユーモアたっぷりに次のように話した。「この中の多くの人たちが私たちのチームに感謝していることを私は知っています。『グローブストラット』はトレード・オフのゲームです。あるチームの業績が上がれば、別のチームの業績が下がる。あるチームが市場占有率を拡大すれば、別のチームが市場占有率を落とす。あるチームが成功すれば、別のチームは失敗する。このゲームの中では、すべてのチームが勝者になることは不可能です。私たちのチームが皆さんの成功に著しく貢献したと私は信じています（笑）」

ここで教授も学生も笑った。

「経営戦略に関する教科書では必ず成功企業とともに負け組企業のケース・スタディーも紹介されています。先週までの発表のようになぜ我々は成功したのか発表するのでなく、なんでこんなにも無惨に失敗したのか報告をしたいと思います。これは典型的な負け組企業の例です。成功談は先週で終わり、今日の話は失敗談です」

その後は四人の女性メンバーが話した。

私は道化役に徹した。ゲームの成績は悪かったけれど、発表の評判はこの上なくよかった。ユーモアの精神は大切である。

◆試験時間は四時間半。結果は最下位で単位を落とした

戦略的経営論の学期末試験は二月の頭にあった。

大教室で行われ、問題と解答用紙が配られた。試験時間は何と四時間。フランスの試験ではこれぐらいの長い時間で回答するのが一般的だ。フランス人学生に「日本の大学試験は一時間だよ」というと驚かれた。そんな短い時間で一体何が分かるというのだ、と。

アメリカのインターネット本屋から始まり、多角化をとげ、世界展開するようになった時代の寵児・アマゾンに関するケース・スタディーで二〇頁の論文が渡された。問題文はただ一行。

「アマゾンの経営戦略について分析せよ」

講義で習った用語の解説程度の問題だと予想していたから、これにはたまげた。四時間かけて、自分の持ちうるあらゆる知識を総動員して、ボールペンで解答用紙を埋めていかなければならない。私はまず二時間かけて問題文を読んだ。そして、二時間かけて解答用紙を埋めた。四時間たつとあと三〇分延長するという。さらに書き続けた。

自分の力の限りをつくした。しかし、うまく書けた実感はなかった。

結果は散々だった。残酷なことに、この講義では受講者全員に成績が公表される。私はテストの点が最下位で二〇点中七点。平均点の一一・九五を大きく下回った。

テストの結果が悪かったために、戦略的経営論の単位を前期は落とすことになった。失敗もよしとしよう。私は晴れ晴れしい気持ちでいた。フランス流の試験のスタイルが分かったから、次は準備万端で臨めるだろうと楽観したのだった。

3 スペイン六人組

◆四ヵ国語話す人事管理論の教授

人事管理論Ⅰの講師は名前からしてかわっている。プッシュ＝レストラード（J.P. Peuch-Lestrade）氏という。この講義には二〇人ぐらいの学生が在籍し、フランス人はゼロ。スペイン人が七割近くいた。レストラード氏はフランス語、英語、スペイン語、イタリア語の四ヵ国語を話す人だった。ユーモアの精神の人でいつも笑ってばかりいた。

授業はテキストが書かれたスライドを壁に映しだし、それについて説明するというものだった。スライドはあとですべてコピーして渡された。

この講師は事前の連絡なしに休講にすることが多かった。

私はこの講義を通して、スペイン人と仲良くなった。モデルのように背が高くハンサムなナッチョ、渋めの紳士ホアコという男の仲良し二人組と、敬虔なカトリック教徒の女の子・イレーニ、英語がネイティブなみに上手いマリア、明るくいつも元気なマルタ、英語が下手なラウラという仲良し四人組が六人で固まり、授業中もよくおしゃべりをした。

講師は寛容な人でとくに怒ることもなかった。私が一団に混じって話すと、

「君までスペインのフーリガンの仲間入りするのか！（笑）」

とジョークをとばした。

この講義はきわめて単調で、眠くなるような講義だった。スライドを見て講師が話し、時間が来れば授業が終わり。学生同士のディスカッションもなく、教師と生徒との議論もない。

クリスマス休暇のときにグループによるレポートと発表が宿題として課された。私はスペイン人の女四人組のチームに入ったら、彼女たちはレポートを私抜きで仕上げてくれた。二〇〇五年一月半ばの講義でパワーポイントをつかって私たちは発表をした。私が一番初めにプレゼンテー

ションの概要を説明した。

次のように話した。

「みなさん、私たちのチームは職業紹介業について発表します。はじめに、我がチームの友人であり素晴らしいパートナーである女性を紹介します」

そういってから、

「報告するのは、四人の美女と一匹の野獣Four beauties & the Beastです」

と冗談をいった。ワッと笑いが起きた。私たちのプレゼンは難なく終わった。

教官は学期末試験をやるといっていたのに、直前になってレポートに変更となった。レポートの送り先としてメール・アドレスを教えられたのだけれど、そこに送っても送信不能で返ってきてしまう。しかたないから、留学生担当の事務所に皆で提出した。

単位はもらえたけど、最後までよく訳の分からない先生だった。

◆スペイン人流パーティー

大学では自然とスペイン人のグループと仲良くなった。彼らは毎日のようにパーティーをやっていた。規模の大きいパーティーは二三時半頃に始まり、翌朝の五時までつづく。しかも、開催日は木曜日がほとんどだ。これがフランス式学生パーティーだ。ひとの部屋でやる小さなパーティーは九時過ぎから始まる。徹夜が苦手な私は小さなパーティーに何度か顔を出した。

『人事管理論』を一緒に受講している紳士ホアコのうちには二度行った。一度目は講義が予告もなく休講したので、そのままスペイン人でパーティーをやろうということになった。二度目は前から予定されていたものだった。二一時開始というのでホアコのうちに行くとホアコしかいない。パーティーは遅れて行くのが作法のようだ。ホアコのうちは二室あり、両方の部屋にベッドがあり、どうみても二人用の部屋だった。家賃が高いだろうに……と思ったが、口にはしなかった。

二二時頃になると、どんどんスペイン人がやってきた。ナッチョやイレーニ、マルタ、マリア、ラウラの仲良し女四人組、私の知らない男たちも何人もやってきた。イギリス人の可愛い女性も来た。スペイン人がほとんどなので会話は当然、スペイン語になる。ホアコは気をつかってくれ、「英語で話そうよ」と何度も注意してくれた。でも、スペイン語の発音って陽気で聞いていると私は愉快になってくる。

パーティーはシンプルで、スナック菓子をつまみながら、ビールやカクテルを飲んでいく。スペインの陽気な音楽がなり、ホアコが記念に写真をとる。部屋には前のパーティーの写真が飾られてある。

私はそこでエドアルドとトマスという愉快なスペイン人男性と知り合った。

二人とも陽気な男で下ネタが大好き。お互いにメール・アドレスを交換したら、トマスからはよくエロ画像が送られてきた。

◆学生寮の自室でパーティーをやった

いつもスペイン人に招かれてばかりだったから、二〇〇四年一二月の中頃、学生寮の自室でパーティーを開くことにした。チラシもつくった。パーティーの名前は親友・トマスの名前をとって「トマス・ナイト」。大学の講義で知人に配った。日本人の女友達も誘った。

パーティーは二〇時半からやることにした。

トマスから、

「なんでこんなに早いんだ。夕飯の時間じゃないか」

と突っ込まれた。

パーティー当日、中華街で買った小豆をつかって私は善哉《ぜんざい》をつくった。他にはプラスティックのコップ、紙の皿、スナック、ビール、リキュールを用意した。

ほぼ時間通りに四人の日本人女性がきた。それから南米出身の男子学生がビールをもってきた。超頭が良くてクラスで成績はナンバーワンで性格もいい長身のノルウェー人の男子学生ともう一人のノルウェー人の男、ノルウェー人の女性が来た。女仲良し四人組とは別のナイスバディのマリアも来た。彼女はパイを焼いてきてくれた。

しかし、二時間たてども、絶対行くといっていたスペイン人の「フーリガン」組が来ない。マリアが電話をすると、別のところで飲んでいて、いまから来るという。

到着したというので玄関にマリアが向かいに行ってくれた。私は自分の階のエレベーター前で待った。トマス、ナッチョ、ホアコともう二人のスペイン人が酔って登場した。ベランダに出て隣の部屋を覗きに行くわ、壁を叩くわ、消化器を持って乱入するわでえらい騒ぎになった。

ナッチョがサイコロを持ってきた。そのサイコロは六通りのセックスの体位が書かれてある。男女でいっしょにふって、出た体位を二人で、服をきたまま真似するのだという。スペイン学生の間ではよく行われる遊びらしい。日本人女性にそれをやろうとナッチョが誘うがさすがに彼女らは嫌がり、その遊びはなしになった。近所に気をつかって一二時を過ぎて解散にした。スペイン人は次のパーティーに行くという。私もそれについていった。場所はシャンゼリーゼ通りにあるバーだという。これは「エラスムス・バー」というイベントで、大学の学生団体が毎週木曜日、どこかのバーを貸し切ってダンス・パーティーをやっているのだ。電車の中で酔ったスペイン人は見知らぬフランス人女性にからみ性的な質問を繰り返した。フーリガンとしかいいようのない連中だ。

バーは人が一杯で歩くのもタイヘン。一緒に来た日本人の女の子と体をあわせ、午前二時まで踊った。それからタクシーで帰宅した。

4 後期の戦略的経営論

一月最終週のテスト期間が終わり、二月に入ると六月第一週までの後期の講義が始まった。後期では「戦略的経営論Ⅱ」のみを私は受講することにした。この講義がもっとも身になり、他は時間の無駄に思えたので、きることにした。教官はかわらずダニエル＝オーモン氏だった。二月の初の講義で、前期最終試験の解説があった。パワーポイントをつかって、アマゾンの経営戦略について説明した。筆記試験でどこが書くべきポイントだったのか説明した。最高得点者は四時間半の試験でA四の回答用紙で三枚書いただけだという。教授は量を多く書けばいいのではないと指摘した。次週も講義があったのだが、これからの講義の進め方を説明するにとどめた。二月の最終週は一週間の春期バカンスがあり、バカンス後にやって来る留学生もいることを配慮しての措置だと説明した。

三月からは講義が二つに分かれるという。後半の講義（一三時五〇分～一五時二〇分）はオーモン教授が担当するが、前半の講義（一一時五〇分～一三時二〇分）は以下の五つのクラスから選択せよ！　とのことだった。

・国際経営
・戦略家の仕事

・提携・合併・買収
・戦略的経営と永続的な発展
・企業の知識経営
英語による講義は国際経営だけだったのでそれを選択した。
後期の採点は次の三点から行うという。
・講義の出席率とディスカッションへの参加の積極性――三〇％
・レポートとプレゼンテーション――三〇％
・学期末試験――四〇％

◆課題――一企業に関する三〇頁レポート

レポートとプレゼンテーションとは、学生が何人かでチームをつくり、一つの企業を調べるという課題だった。レポートは以下のようにページ数も書くべき項目も決められていた。

①産業について（約一〇頁）
・あなたが選んだ企業が位置する産業について簡潔に説明する。
・その産業の戦略的セグメンテーション。

・産業の経済性。
・競争の詳細な分析。競争相手・競争集団を認識し、主なプレイヤーの業績と戦略を分析する。
・競争相手の技術と能力を評価する。
・産業の展望。技術革新や市場のグローバル化など。

②企業について（約二〇頁）
・企業の独自性
—企業を簡潔に紹介する。
—戦略と経営の要約。
—解決すべき戦略的・経営的課題。
・戦略
—戦略事業単位と各戦略事業単位の位置づけ。
—企業の資産構成分析。
—企業の核となる能力とテクノロジーの戦略を分析する。
—競争戦略（世界規模か戦略事業単位のどちらか）。
—戦略の展開（内部、外部、パートナーシップなど）。
・経営分析

―企業の構造。
―実行。経営スタイルや調整のメカニズム。
―戦略形成の過程。
―意志決定の過程。
・戦略と経営の評価
―長期的な発展の展望。
―企業の成功・失敗の分析。
―戦略・経営の妥当性。

これは四月の中頃が締め切りだった。私はどのチームにも属さず、「ブックオフと日本の書籍産業」というテーマを選んだ。たいへんな作業だったけれど、一人で文献を日本から取り寄せ、コツコツと毎日文章を書き、論文は締め切り日までに提出できた。

六月までの講義は月曜日の「戦略的経営論Ⅱ」だけになった。あとは四月初めに終わる「経営戦略論」（水曜日）に、出席すればよい。週二日になったので、気持ちはだいぶ楽になった。

一月にＵＧＣの映画年間見放題カード（UGC ILLIMITE）を購入したので、映画館に週三、四日は通うことになった。このカードはＵＧＣが始めたフランス独自の制度で、これがあればＵ

GC系列の映画館で映画を制限なく見放題できる。年会費を払えば、一日に四本見ようが、毎日二本ずつ見ようがかまわない。好きなだけ思う存分、映画を観て楽しめる。UGCはフランス最大手の大手映画配給チェーンで、二〇〇五年の時点でフランス全土に三七の映画館を持ち、スクリーンの数は三五七にのぼる。パリ市内には一四の映画館を持つ。私は一日に二本の映画を観ることもあったし、好きな映画だったら二回、三回と繰り返しみた。好きな時間に散歩して、好きなときに映画を観てずいぶんと文化的な生活を過ごせた。

◆ネクタイにスーツ姿。一人で英語でプレゼンテーション

五月中頃、ドーフィーヌの「戦略的経営論II」の授業でブックオフについて発表することになった。

パワーポイントでレポートの概略に関するファイルをつくると同時に、発表する際のスピーチ原稿をつくった。

聴衆を引き込むためには何が必要か。それはユーモアだ。だから、本題に入る前に「日本を紹介する」項目をもうけて、そこにいくつかジョークを入れることにした。パワーポイントでは音楽のファイルも利用できる。効果的な音・音楽があったほうが聴衆を飽きさせないだろう。ところどころに、音楽を入れることにした。大学の教室で十分に音が行き渡るだけの一万円ぐらいするスピーカーを私は買った。苦労することなくパワーポイ

ントのファイルも作り終え、原稿も書き終え、発表に臨んだ。

当日、私はネクタイにスーツ姿で、ノート・パソコンをリュックにしまって、教室に向かった。講義が始まる二〇分前だったのでまだ誰もいない。音響の準備をして、原稿を読み返した。五分前にノート・パソコンの画面を黒板に映し出すプロジェクターを持って教授がやって来た。パソコンに接続しテストする。画面がうつる。あとは、開始の時間が来るのを待つのみ。一三時五〇分になるとクラスに約三〇人の学生が集まった。

「さあ、それでは。始めてもらいましょう。日本の書籍産業に関する発表だそうです。では、ケンジ、あとはよろしく」

教授が簡単に話してから、私が話す番になった。

「みなさんのほとんどが私の出身国・日本について知らないと思います。そこで、二分間、日本の特徴についてパワーポイントをつかって説明します。では、注意してよく画面を見てくださいね」

最後に

「Are you ready?　Here we go.」（準備はいいかい？　じゃあ、いきます）

といって、日本に関する紹介を始めた。

◆ジョークで教室は爆笑

プロレスラーの故・橋本真也のテーマ曲にあわせて画像が自動的に流れていく。私が話すことは何もない。みなの反応を見た。食いつくように画面を見てくれている。次のような文章が順番に流れるように出てくる。

「さあ、日本はどこにあるでしょう?

フランスの隣?→ No!

南米?→ No!

日本は東アジアに位置します。

人口は約一億三〇〇〇万人で、識字率はほぼ一〇〇%です。」

そして、ドーンと日本の地図が画面に登場する。

次に頁がかわり、ジャック=シラク大統領の写真がクルクル回って登場。クスッと笑いが起きる。

「シラク大統領は日本を愛しています。さて、訪日回数は何回でしょう?」

少し間をおいてから画面の上から巨大な数字がふってくる。

「四五回だ。Wow!なんて多いんだ」

頁が変わり、ブッシュ大統領が演説している画像が登場。続いて

「ジャック、何のために、そんなに日本に行くんだ⁉ ウチの国には全然来ないじゃないか」

という文字が飛び出す。笑いがもれる。

つづいて頁がかわって、シラク大統領がブッシュ大統領の肩に手を置く写真が出てくる。そして、次の文字が出てくる。

「ジョージ、それはな、日本はおもしろい国だからだ。たとえば……」

間をおいてお相撲さんの写真が飛び出す。

「相撲だ」

シラク大統領の相撲好きはフランスでは超有名、教室は大笑いになった。

「そしてな、リサイクル本業界もおもしろいぞ」

頁は変わり、笑みを浮かべるブッシュ大統領の画像が画面に映し出される。

「そりゃ、おもしろそうだ。俺はリサイクルが好きだよ。だって、昨年（二〇〇四年）、俺はさあ、アメリカ国民によってリサイクルされたもん」

ここでも爆笑が起きた。

「ところで、リサイクル本業界って何だ。俺たちに説明してくれ」

これで、二分のジョークは終了。教室をなごやかな雰囲気が包んだ。

そして、私の説明が始まった。一五分間、パワーポイントをつかって、ブックオフとは何か、新古書産業とは何かについて説明する。話し終えると、質疑応答。

何人かから質問があった。私は無事に受け答えることができた。

「とても面白い発表だったね。ケンジ、ありがとう」

教授がそういって、私の発表は無事終わった。

◆「戦略的経営論II」の単位をゲット

あとは六月初めの試験を終えれば、一年間の大学生活も終わりだった。

あっという間だった。「戦略的経営論II」の学期末試験は朝八時から開始し一二時で終了という。

試験当日、私は万端の準備で会場の大教室に行った。

問題用紙が配られる。着せ替え人形のバービー人形を生産する玩具メーカー・マテル社に関する五頁あまりの雑誌記事だった。大学の試験でバービー人形が出題されるとは思いもよらなかった。全力を傾注し四時間で答案を仕上げ、提出した。

幸いなことに試験の結果も前期試験ほど悪くなく、プレゼンテーションの点数が高かったこともあり、「戦略的経営論II」の単位は来た。

◆スペイン組との別れ

試験週間が終わると、スペイン人から最後のパーティーに誘われた。

開始時間は二二時からで、アラブ文化を紹介するために計画された建築で、博物館・図書館・展示場・資料センター・ホール・レストラン・ワークショップスペースから成るアラブ世界研究所近くのセーヌ河岸で地べたに座って騒ぐのだという。

当日、三五〇㎜ℓのビールを六本抱えて河岸に行った。日がちょうど落ちる頃だった。探し回ってからやっと見つけた。夏だからなのだろう、自分たち以外にも河岸の地べたに座り、パーティーをやっているフランス人が多い。

スペイン人が二〇人くらいいた。電池で動くラジカセを持ってきていて、音楽をかける。それにあわせて何人かが踊る。たくさんの酒が用意され、ウォッカ、ジン、テキーラなど蒸留酒の瓶もある。ジンを飲みながら、私も一緒に踊った。

仲良かった女の子・ラウラと手を取り合い踊る。

「来週、スペインに帰るんだよね。寂しいなあ」

「ぜひ、スペインにおいでよ。フランスの隣なんだし……」

スペイン人といっても皆、首都マドリードから来ているわけではない。違う地域のスペイン人は泣きながら別れを惜しんでいる。ああ、これで大学の友達ともお別れなんだなと思うとこみあげてくるものがあった。

皆、朝まで飲み明かすのだが、私は終電の時間で別れを告げ、ひとり帰った。

第9章 語学学校「リュテス・ラング」

1　小さな語学教室

◆新たに通うことにした語学学校「リュテス・ラング」

話はもどるが、アヴィセンヌ館への引っ越しとドーフィーヌでの講義開始にあわせて、二〇〇四年一〇月四日（月）から、パリの新しい語学学校に通うことにした。

レアール（Les Halles）近くにあるリュテス・ラング（Lutèce Langue）という小規模校で、私が通学した時点で全体の生徒数は二〇人名ほど。一クラスは最大六人までで、一レッスン九〇分で、週一五時間、週七・五時間、週三時間のコースがある。週一五時間コースは平日、毎朝九時から三時間、週七・五時間コースは平日、午前中九〇分、週三時間コースは週二回、夜間に九〇分通うことになる。滞在先の国際大学都市から学校まで、郊外電車（ＲＥＲ）Ｂ線をつかえば乗り換えることなく、三〇分ほどで通うことができた。

リュテス・ラングは小さな学校で一クラス最大人数は六人で、午前は三つか四つのクラスが開講している。一週間、二週間、一ヶ月という短期間で学校を去る人も多く、毎週クラスのメンバーがかわった。担当する教師も頻繁にかわった。

一〇月四日の朝九時からのクラスには、私の他に日本人の青年一人、オーストラリア人の紳士一人、ブルガリアのマダム一人の四人がいた。授業のはじめに、それぞれ自己紹介をした。私の番の時に、二〇代の女性講師から、

「なんで、学校を変えたの?」

と尋ねられた。

「先週まで、エルフという学校に通っていて、授業の内容には不満はなかった。でも、週一五時間のレッスンで三六五ユーロ(約五万二〇〇〇円)。ここは週一五時間のレッスンで二〇五ユーロ(約二万九〇〇〇円)でしょ。一クラス最大六人までという条件が一緒だから、より安いここに通おうと思った」(授業料は全て当時)

隣に座っていたオーストリア人が私の話を聞き終えるなり、

「自分も以前、別の学校に通っていたけど、そこは一クラス一八人。授業料はとても安かったけど、話す機会なんてほとんどなかったよ。会話をならうために通っているのに、聞くだけの授業なんて、苦痛だろ」

と自分の体験を紹介した。

リュテス・ラングは、アパルトマンの一フロアを借りて、教室に改造した建物だ。生徒のため

にパソコンを開放していないし、お茶を飲む場所もないし、設備の面では、充実しているとは言い難い。でも、その小ささが親密さを醸し出している。

授業の進め方は、新聞やインターネットのコピーを配って、議論する……という形で進められた。第一週では、レアールの大規模ショッピング・モールを改造する四つの設計図をみてどれがいいか話し合った。また、結婚・差別・同性愛・世論調査についてそれぞれのお国事情を交えながら、議論した。

フランス生活に慣れてきたこともあり、周りに日本人がいなくても、不安感を覚えなくなった。むしろ、外国人が多いクラスで、異なる文化・伝統・社会事情について話し合えることがとても、楽しくなってきた。

リュテス・ラング▼に申し込むのはひじょうに簡単だ。なぜならば、校長の女性が日本人だからだ。日本語でやりとりができる。フランス語を一分も勉強したことのない人でも自力で申し込める。

◆生徒は文句を言い、教師は怒り、クラスは紛糾した

リュテス・ラングに通って、二週目の水曜日、事件が起きた。時計の針は一二時一五分を回り、講師は「では、明日」といった。国際大学都市の学生食堂で食事をしてから寮でメール・チェックをして、エッフェル塔の近くにあるパリ日本文化会館（Maison de la culture du Japon à Paris）に行って北野武『菊次郎の夏』をフランス語字幕付きで見て、それから大学に行こう……と、午後の予定を思い浮かべていたら、隣の席に座っていた二〇代前半のインドネシア人女性が、

「配られたプリントを読んで、授業を進めるやり方はツマラナイ。みんなで、議論できるようにしたい」

と、教師に向かって、不満を口にした。オーストリア国籍の中年男性、デンマークの女性もそれに同調して、講師を責めた。六〇代のイギリス人女性も、ゆっくりとした口調で、

「私も同感だわ」

と、いった。突然の事態で、私はうつむき、沈黙した。嵐が過ぎ去るのを待とうと思った。その日の授業は三時間で、新聞記事を四本、読んだ。フランス語を読み慣れない私にとっては、キツイ授業だったし、おもしろいとはいえなかった。新聞記事も、フランスの雇用や地価の変遷といった地味なものだった。それでも、毎日、語学学校に通っていたら、ツマラナイ日もあるだろう。すべての日が退屈で、教師もやる気がなく、教えかたが下手だったら、クラスの変更を申し出るし、クラス変更しても事態が変わらないならば、学校を変更する。そう、割り切っていた。二〇代の女性講師は、発音も明瞭だし、生徒に均等に会話の機会を与えるし、私にとって不満はなかった。フランスで通った学校はリュテス・ラングで三校目、フランスで出会った講師は、リュテスの講師で一〇人目だったが、とりたてて非難するほど、ひどい講師でも学校でもない。

とくに言いたいこともなかったから、駅で配っている無料の新聞に目をやり、議論が終わるのを待った。しかし、収まるどころか、議論はますます加熱していく。顔をあげて、講師を見ると顔を紅潮させ、憤然としている。デンマーク人が、

「健二は何を考えているの？」

と話をふってきた。何も考えていなかった私は、

「先週、議論した結婚とか差別の話はおもしろかった。でも、今日の話は関心を持てない。それだけかな」

と、無難なことを口にした。だが、クラス内の熱した雰囲気は冷めることなく、教師への批判、教師の反論が飛び交う。

それぞれの学生が、ああだこうだ、それぞれの要求を掲げるから、

「一対一のプライベート授業じゃないんだから、全員の要求を聞くことはムリ。そうでしょ」

と講師が反論した。

けっきょく、学生が翌日の授業の内容を決めた。講師は投げやりに、

「いいんじゃない？　悪くないと思うよ」

と、言い放ち散会となった。時計を見たら、一二時三〇分を少し過ぎたところだった。翌日の授業が憂鬱だ。少人数制は発言する機会が多いから、互いに親密になりやすい。しかし、密な人間関係が破綻したときは酷だ。人数が少ないから、仲違いした相手とも翌日、間近で接すること

になるのだから。

講師とはいえ二〇代の女性が、親の世代から厳しく非難されたら辛かろう。講師に対して私は同情的だった。

2　リュテス・ラングの講師たち

週一五時間は多すぎたので、途中から週七・五時間にして、一〇時四五分から始まる授業を受講した。

午前教えてくれる講師を紹介しよう。

一番初めに習ったのはアルノルドという、前節に出てきた若手女性講師。空手の達人で、日本の漫画・アニメが大好きで、飼っている猫に「水滴」という日本語の名前をつけている。アルノルドとは日本のアニメの話でよく盛り上がった。

次に習ったのはピエールという中年の男性講師。禿げあがった頭にヒゲをたくわえ、ジョークを頻繁に飛ばす。社会保障に詳しく学生の相談にのってくれる。

次に習ったのはコリーヌという若手女性講師。南仏出身の彼女は勝ち気な性格でフェミニストを自称していたけれど、Hな話もOKだった。童顔がとても可愛らしく、ベルギーで知り合った恋人とのおのろけ話をよくする。週末にドライブに行ったり、実家の南仏に帰ったりと毎週楽しいウィークエンドをおくっているようだった。彼女たちのデートの後に電車内で偶然、会ったことがある。彼氏は穏やかな人だった。結婚したら「カカア天下」になるなぁーと思った。

次に習ったのはマリーという若手女性講師。リュテンス・ラングの中で私がもっとも愛する講師だった。Hな話もOKで、ちょっとしたことで授業中に声を上げてケラケラと笑う。講師が笑うと生徒も楽しくなるもんだ。

私はコリーヌとマリーの誕生日を覚えていた。

誕生日にコリーヌには薔薇の花を差し上げると、両頬にビズーしてくれた。マリーは誕生日の日、午後のクラスから来ることになっていた。午前のクラスの生徒や講師たちは室内で到着を待った。窓から私は外をのぞいていたら、彼氏とじゃれあいながら満面の笑みで歩いてくるマリーを発見した。マリーが学校に入るなり、みんなで「Bon anniversaire《ボナニヴェルセール》」（お誕生日おめでとう）といった。

「ありがとう」

と笑顔で答えるマリー。講師仲間が買ったケーキに蝋燭がたっていないのに、火を消すふりをした。

◆いままでの中で最良のフランス語講師はゲイ

あと、リュテンス・ラングで習ったのがドゥニという若手男性講師。彼は常勤でなく、人手が足りない時に来る非常勤講師だった。スペインをこよなく愛し、スペイン語を話せる。二〇〇四年一二月最終週の講義で彼に初めて習った。教室に入るなりビックリした。ぴちぴちのTシャツを着た完璧なゲイ・ファション。話し方もゲイ口調で、動作もゲイっぽい。授業で性の話(sexualité)や女性蔑視（misogynie)、同性愛やトランスジェンダーの話などを取り上げることもあった。二〇名以上のフランス人から私はフランス語を習ってきたが、彼は最良の講師だった。

授業は次のようにすすめられる。

・文法の説明
・新しいボキャブラリーを教える
・それをつかって生徒二人で即興の演劇をさせる
・生徒の発言の間違いと訂正を板書する
・テキストの書き取り（dictée)
・テキストの配布
・テキストをつかってディスカッション
・生徒の発言の間違いと訂正を板書する

これだけ濃密な内容だと、とても一時間半では終わらない。三〇~四〇分の延長が当たり前だった。私はその熱心さに感心させられた。

新しいボキャブラリーはたとえば銀行に関わるものだったら、一通りの語彙を習った後、生徒に顧客と銀行員の役をやらせて会話させた。あるいは、散髪・美容院に関する語彙を教えた日は髪をきってもらう客と美容師さんの役を生徒がやった。

書き取りのテキストは、差別、フランス版全共闘『パリ五月革命』、自転車道路など社会問題を扱うものが多かった。

ドゥニが重視したのは、生徒に発言させそれを訂正することと、書き取りをさせることだった。少人数のフランス語の授業だとテキストを読み会話することが中心になり、書くことが疎かになってしまう。ドゥニはそれを知っているから、必ず書き取りは生徒にやらせた。

ドゥニが司会をやり、テキストをテーマにして生徒に均等に発言させる。どう思ったか、自分の国ではどうかなど質問する。生徒が発言しているとき、ドゥニは必死にメモをとり、生徒の言い間違い発言を書き留める。

ディスカッションが終わると生徒の発言の間違いを指摘し始める。間違いをあげ、どうなおせばよいかクラスの皆に問う。それから、訂正をする。うまい教授法だった。

ドゥニが最良の講師だと思うのは、授業の配分がうまいという理由だけでなく、生徒の間違いをなおして、どこが間違いなのかを説明し、二度と同じ過ちをしないように注意してから帰宅させるからだ。

フランス語がある程度、できるようになってきたら大切な作業はとにかくフランス語をつかって、間違ったらそれを訂正し、正しいフランス語を習得できるように努力を積み重ねることだ。生徒の間違いを正すことは、講師の最も重要な仕事だ。テキストを読み、辞書をつかい、分からない単語の意味を調べ、テキストを音読する。それならば、一人でできる。教師がいるからには、一人でできない作業、つまり間違いの訂正とその理由を教えることをしてもらわなければ割に合わない。

たいていの講師は生徒の発言にミスがあると口頭で訂正する。しかし、それでは身に付かない。板書してどうして間違えたのか説明してこそ身になる。

リュテス・ラングに不満はなかったけれど、ただ一つ不満をいうとすれば、ドゥニを常勤講師にして毎日彼から教わりたかった。

リュテス・ラングの日本人生徒がある日、ゲイ・タウンのマレ地区を散歩していたら、ドゥニが一人で、バーでお酒を飲んでいたという。

彼は優秀な教師であると同時に、セクシーでいつもお洒落な先生だった。

3　留学延長

◆留学延長を決断、滞在許可証を更新

本来ならば二〇〇五年六月いっぱいで私は日本に帰国する予定だった。

でも、一年はあまりにも短すぎる。もっとフランスに滞在したいという気持ちが強まった。留学したのだという何か形になるものを残したかった。モノカキのはしくれである私がそこで思い

ついたのが本を一冊書き上げるという構想だった。本のテーマはフランスの同性愛にしようと思った。自分がゲイであるわけではないが、この国の同性愛事情に好奇心がそそられた。日本とあまりにも事情が異なるからだ。その違いはどこから来るのだろうか解明したくなった。

たとえば、同性愛者向けの月刊誌『テテュ』(Têtu)が街や駅のキヨスクでファッション誌に混じって公然と売られているのを初めて見たときには驚いた。さらに、同誌が発売される週は駅や街角に大きな同誌のポスターが掲示される。さわやかな男性が上半身裸体で微笑み、最新号の主要記事のタイトルが書かれている。パリ市内では手をつないで歩く同性カップル、街角でキスをする同性カップルを見かけることも多い。何と寛容な国なのだろうかと思った。

フランスでは法的にも同性カップルの権利が保障されている。パクス(PACS)という制度がある。これは準結婚制度でカップルの権利を保障し、同性カップルも異性カップルも締結することができる。

同性愛を切り口にフランスを描けばきっと面白いものになるにちがいない。そう思った。

家族の承諾と日本の大学院の指導教官の承諾を得た上で、二〇〇五年五月上旬に、〇六年三月末までフランスに滞在することを決断した。

六月半ばにビザがきれるので延長手続きが必要だった。

パリ第九大学に問い合わせたが、留学は延長できないとのこと。滞在許可を延長するには、語学学校か大学で一定の期間、学ぶことを証明する在学証明書が必要だった。語学学校の場合だと

ＥＵ圏外の学生は、週二〇時間以上、授業を受けることがフランス滞在の必須条件だ。

それまで通っていたリュテンス・ラングに不満はなかったが、二〇時間になるとかなり高くつく。新たに語学学校を探した。

『地球の歩き方 成功する留学 フランス留学 2003~2004 年版』（ダイヤモンド社）やインターネットで学校を探した。『ＩＬＦフランス語学院』（Institut de Langue Française）が一クラス最大一五人で、週二〇時間（一四時～一八時）のコースを月四〇〇ユーロ（約五万八〇〇〇円）という比較的手頃な値段で提供していることが分かったので、九月から三月までそこに通うことにした。

学校は凱旋門から歩いて五分のところにあり、アパルトマンの一室を借りている。私はＩＬＦの事務所に行き、クレジットカードで七ヶ月分の授業料を払い、在学証明書をもらった。

六月半ばのある日、滞在許可を延長するためにシテ島にあるパリの警視庁に私は行った。インターネットで予め申請の予約をしていた。受付の警官に「ビザの更新で来たのですが……」といったら、外国人が所狭しとひしめき合い、職員が慌ただしく応対する一室に通された。整理券をもらい、椅子に座り待つ。自分の番になり、書類を渡すと「学生はここじゃないよ」といわれた。そして、パリ一五区にある警察の事務所の住所（13 rue Miollis 75015。最寄りのメトロ——六号線カンブロヌ・ＣＡＭＢＲＯＮＮＥ、一〇号線セギュール・ＳＥＧＵＲ）が書かれた紙を渡され、「そこに行きなさい」と指示された。三時間遅刻して事務所に到着したら、事務員に冷たくいわれた。

「いくら何でも遅すぎるんじゃない？　明日、朝一番で来なさい」。指定された時間は朝八時三〇分。

る。翌朝、時間前に到着した。事務所のシャッターは閉まり、何人かの学生が開くのを待ってい る。事務所が開くなり、受付に行き、番号札をもらい、二階に通された。一五分も経たないうちに、私の順番がまわってきた。必要書類を出す。書類に不備はなく、二〇〇五年一一月までの滞在許可証がパスポートに貼り付けられた。

パリ市内であれば、滞在許可証の申請・更新はパリ警視庁のインターネットで予約できる。パリ警視庁のサイト（http://www.prefecture-police-paris.interieur.gouv.fr）に行き、『Prise de rendez-vous, étudiants étrangers』という項目がトップにあるので、そこをクリックすると予約の手続きが始まる。難解な単語は出てこないので、入門者でも辞書を片手に完了できる。

◆引っ越し後、一時帰国

さて、次にやらなければならないのは、部屋探しだった。国際大学都市の寮を六月末に退寮しなければならなかった。滞在を延長するには語学学校ではなく大学など高等機関の在学証明書が必要となる。

パリ市内の日本関連の店には必ず置いてある日本人向け新聞『オヴニー』(Ovni)や『Paris-Tokyo通信』で物件を探した。アパルトマン・ステュディオ・貸部屋の広告はこの二つの新聞や毎週発行の無料日本紙『フランスニュースダイジェスト』、在仏日本人会の掲示板に掲載されている。時折、詐欺まがいの物件もあるようで、日本人会の掲示板にはアブナイ物件が記載された紙が貼られるので、参考にするとよい。

私はパリ南郊外の都市・キャシャン（Cachan）で手頃なお値段の部屋を見つけた。大家は六〇過ぎの日本人マダムで、大家が住む家の地下に部屋はあった。彼女の子ども三人が全員、成人して家を出たので、子どものかつての部屋を改造し、一般人に貸すようになったという。地下には二部屋あり、トイレ・シャワー・ガスのキッチン・廊下は共有スペースとのこと。共有スペースは二五平方米で、部屋は二〇平方米と広く、本・書類など大量の荷物がある私に向いていた。水道代・電気代・光熱費・管理費・暖房費など全て込みで家賃は月五五〇ユーロ（約八万円）で、敷金は一一〇〇ユーロ。住宅補助手当（通称allocation《アロカシオン》）が毎月、国から支払われるという。契約内容に不満はなかったので、契約を交わした（あとになって何人かのフランス人から、キャシャンの部屋で月五五〇ユーロは高いゾ……といわれた。住宅補助手当を毎月いくらもらっていたか覚えていないので、二〇〇七年四月に、私が住んだ条件でいくら手当がつくかインターネットで計算した。一八八・〇四ユーロという数値が出た。日本円にすれば約二万七〇〇〇円だからずいぶん高額の手当である。さすが、社会福祉国家フランスだ）。

部屋も決まり、あとは一時帰国の準備を進めればよかった。

留学から一年たつとさすがに一度は日本に帰りたくなった。七月中頃に日本へ行き、八月初旬にフランスに戻る航空券をＨＩＳのパリ支店▼で買った。

六月末の夜に引っ越しをした。タクシーをつかって二回かけて荷物を運んだ。二回目の運転手は大声で文句をいった。

「タクシーは引っ越しの手伝いをしちゃいけないんだ。警察に見つかれば罰金を払わなければならないんだぞ」

少し多めにお金を払う……ということで交渉成立、荷物を運んでくれた。

新しい部屋での生活が始まった。日本でいえば私の住んでいる東京の世田谷区のように落ち着いた街だ。学生寮にいた頃は学生食堂をつかっていた。ここでは自炊をしなければならい。朝はサラダとソーセージを食べて、夜はレトルト食品を食べた。一度、肉屋で兎肉を買って、それを焼いて醤油で味つけして食べたこともあった。鶏肉に近いあっさりした味だ。

近くにあるケバブの店にもよく行った。ケバブのサンドイッチや、辛いソーセージのサンドイッチ、串刺しにした鶏肉のサンドイッチをよく食べた。トマト、たまねぎ、レタスなど野菜がたっぷり中に挟まれ、揚げたてのフライドポテトがついてくる。一食三ユーロ～四ユーロ（約四三〇円～五八〇円）という手頃な値段で、量も多く、食べた後は満腹になる。

新しい部屋で二週間ばかり過ごすと一時帰国する日になった。

飛行機は一八時過ぎに出ることになっていたので、出発日の朝、起床してから近所のスーパーでお土産にと挽いたコーヒーの袋をいくつか買い、商店街のワイン店でワインを一本、シャンパンを二本買った。

そして、郊外電車（RER）B線でシャルル＝ドゴール空港に行った。

飛行機は時間通り出発した。機内で私は映画を楽しんだ。

第10章 帰国までの生活

1 バカンス

◆セーヌ河岸に出現した人工砂浜

私は三週間、日本で過ごし、フランスに戻った。

家についてたまげた。八月はバカンス・シーズンのため、私が住む町の商店街はほとんどシャッターが閉まっている。一ヶ月まるまる休むのだからのんびりした国である。

バカンスのシーズンにトイレが壊れたり、シャワーのお湯が出なくなったりしても、修理屋は来てくれないのだと聞いた。彼らもバカンスをとっているからだという。

八月末まで、私はリュテス・ラングに通った。平日の午前中に九〇分、クラスがあるだけだから、私もバカンス気分にひたることができた。

クラス後は昼食をとってから、映画館に行ったり、散歩をしたりして過ごした。

ある日曜日、世界的に有名な「パリ・プラージュ（パリ浜辺）」（Paris Plage）を見に行った。

パリ・プラージュとは二〇〇二年から始まった催しでバカンスにあわせて、七月から八月にかけて四～五週間実施されている。ふだんは車が通るセーヌ河岸の道路を約三・五キロ通行禁止にし、そこに人口砂浜がつくられ、椰子の木が植えられ、シャワーも出現し、カフェやレストランが出店され、子どもの遊び場がつくられる。セーヌ川沿いを海辺の砂浜にしようというプロジェクトで、ベルトラン＝ドラノエ（Bertrand DELANOË）・パリ市長が子どもの頃から夢にしていたことを実行したという。パリ市民からとても好評で、ブダペスト、ベルリン、ブリュッセル、プラハなどの欧州都市やフランスの他の都市も真似するようになった。二〇〇六年は四〇〇万人が訪れたというから、市民にずいぶんと浸透している。

私が訪れた日も人々で賑わっていた。椰子の木がセーヌの河岸に植えられるのはずいぶんミスマッチな気がした。ビキニ姿で寝そべる女性やTバックの女性もいた。水着姿の人は少なかったから、海浜という感じはしなかったけれど、セーヌ河岸が活気づき、どこにもバカンスに行くことのできなかったパリ市民の憩いの場になっているから、いい催しだと思う。

◆ＩＬＦフランス語学院の授業が始まる

語学学校のＩＬＦフランス語学院（以下、フランス語学院）に通う前週、クラス分けのテストを受けに行った。筆記試験が一時間、口頭試験が一〇分ぐらいで終わりだった。

八月二九日（月）から授業は始まった。クラスは会話と文法にわけられ、レベルも六段階に分けられている。

・入門Ⅰ（Débutant I）
・入門Ⅱ（Débutant II）
・中級Ⅰ（Moyen I）
・中級Ⅱ（Moyen II）
・上級Ⅰ（Avancé I）
・上級Ⅱ（Avancé II）

一四時〜一六時までは文法の授業で、一六時〜一八時までは会話のクラスだった。一つのクラスは一ヶ月で終了し、最後に進級試験があり、受かれば次のレベルに進めるというシステムだ。しかし、二〇〇五年一〇月からは二ヶ月で一つのレベルが終わり、毎月試験があり、二ヶ月分の成績で次のクラスに進級できるか決まるようになった。それぞれのレベルで教えられることはきっちり決められている。

文法・会話ともに中級Ⅰのクラスから私は始めた。

九月はローラン（Laurent）という毛深い男性的な三十代の講師が文法中級Ⅰのクラスを担当した。クラスの人数は一〇人弱で始まったけど、最後の週には三人しかいなかった。一ヶ月のコースといっても午前のクラスに振り替えたり、途中で学校を去ったりする人が少なくないという。ローランは映画に精通していて、映画好きな私にオススメの映画や簡単なフランス映画史を説明してくれた。フランスではすでに発売されていないジャン＝ユスターシュ監督（Jean Eustache）の『ママと娼婦』（La Maman et la Putain）や『ぼくの小さな恋人たち』（Mes petites amoureuses）などの貴重なビデオを貸してくれた。ユスターシュは天才監督と呼ばれている人で、四〇代のときにピストルで自殺をとげる。

ローランは教え方もていねいで私は好感が持てた。中級Ⅰは動詞の現在形活用（Conjugaison）からおさらいしていき、最後は接続法（Subjonctif）の初歩まで教えた。

会話のクラスは中級Ⅰ・Ⅱ合同クラスで、福岡でフランス語を教えた経験があるヴァンサン（Vincent）が担当した。明るく元気なキャラでクラスを盛り上げた。

九月末の文法の試験を私は無事突破することができ、中級Ⅱに進級した。

会話クラスの試験は用事があり、出席できなかった。その日、秋葉忠利・広島市長がパリ市長舎で行われている原爆展を訪れることになっていて、記者の立場から私はそちらを優先した。ドラノエ・パリ市長と秋葉市長のツーショット写真を撮った。

語学学校では順調に毎月、試験を突破し、上のクラスへ上っていった。

一〇月下旬からパリ郊外などで移民二世・三世を中心とした暴動が起きた。テレビをつけると、内戦のような映像が映し出された。石や火炎瓶を若者は警官隊に投げ、車やバス、建物に火を放つ。しかし、パリはいつもと変わらず、落ち着いた雰囲気だった。

2 取材の日々

◆大物政治家に次々とインタビュー

大学と語学学校の両方に通った頃と異なり、語学学校に通うだけの日々が続いたので、精神的・時間的余裕ができた。フランスでしか会えない人に会ってみようという気になった。私は会いたい人に取材依頼文を書き、返事のあった人たちに会っていった。

まずお目にかかったのがジャンマリー=ルペン（Jean-Marie Le Pen）『国民戦線』党首だ。ルペン氏は極右の大物政治家で一挙手一投足がマスメディアで報じられる。パリ西郊外の小高い丘の上にあるルペン氏の大邸宅で私がインタビューしたのは〇五年一一月中旬のことだ。暴動、移民、貧困、グローバリズム、イラク戦争、中東問題などについて質問した。このインタビューは朝日新聞の月刊誌『論座』に掲載された。

次に会ったのが、ダニエル=ミッテラン元大統領夫人である。一二月初旬、サン=ラザール駅近くの事務所でお会いした。八〇歳を超えているのにエネルギーに満ちあふれた人だった。ダニエルさんは人権・貧困問題に取り組み、最近では水を重視している。発展途上国では飲料水にありつけない人が数多く存在し、それを放っておくのは先進国の罪だとダニエルさんは熱く語った。日本の社民党が発行する月刊誌『社会民主』にインタビューは掲載された。

『国民戦線』のナンバー2のブルノー＝ゴルニッシュ全国代理に会ったのは、二〇〇六年二月のことだ。パリ西郊外にある『国民戦線』本部で取材した。ゴルニッシュ氏は京都大学に留学した経験があり、妻は日本人で、日本語を流暢に話す。

フランス版全共闘運動『パリ五月革命』の英雄・ダニエル＝コーンベンディット欧州議会議員にも会った。二〇〇六年三月にブリュッセルの欧州議会事務所に赴き、インタビューした。一九六八年に学生運動に端を発し、ゼネストにまで発展したこの革命はフランス現代史でもっとも重要な事件の一つである。このインタビューも『論座』に掲載された。

◆年明けて「同性愛」をテーマに取材の日々

暴動も鎮まり、フランスは平穏を取り戻した。暴動が鎮まったら一二月になり、クリスマス、大晦日、元旦……。

二〇〇六年三月末に日本に帰ることになっているから、留学生活もあと三ヶ月。もう、カウントダウンに入っていた。

同性愛に関する本の執筆・取材を私は新年に入って本格的に開始した。

まず、始めたのが資料収集である。レズビアン＆ゲイ向けの月刊誌『テテュ』(Têtu)、同じくゲイ向けの隔月刊誌『プレフェランス・マグ』(Préférences mag) の必要なバックナンバーを購入した。フランス最大のゲイ・サイト『ウー・リコ』(E-llico) などインターネットのサイトでも情報を集めた。

しかし、資料だけでは本はできない。LGBT(レズビアン、ゲイ、バイセクシャル、トランスジェンダー)の世界で最前線を行く人々にインタビューをしなければならない。私は誰に取材すべきかリストをつくり、事務所に片っ端から連絡していった。得体の知れない外国人のジャーナリストからの申し出を断る人も多かった。たとえば、社会党の国民議会議員で同性愛者の権利擁護に熱心なジャック=ラング(Jack Lang)元文化相やドミニク=ストロス=カーン(Dominique Strauss-Kahn)元財務相に取材依頼したものの、事務所から断りの連絡があった。連絡があるのはまだマシなほうだ。何度連絡しても返答がなく無視されることが多かった。

しかし、多くの人々が取材に応じてくれた。

三ヶ月間、私は取材に忙殺された。政治家に会うため国民議会(下院)の議員会館・事務所に行き、パリ市の助役に会うためにパリ市役所の事務所を訪れ、緑の党・党首に会うため緑の党・本部に行った。

三ヶ月かけずり回った結果、何とか一冊の本をつくりあげた。

その本は、『ゲイ@パリ　現代フランス同性愛事情』(長崎出版)というタイトルで二〇〇六年一〇月二五日に出版された。

3　帰国へ

◆滞在許可証の再更新に行った

さて、私の滞在許可証の期限が二〇〇五年一一月三〇日にきれるので、パリ南郊外ヴァルド＝マルヌ（Val-de-Marne）県の出張所に〇五年一一月二八日、更新に必要な書類をもって行った。そうしたらとりあえず今日は予約だけとることになるといわれた。言い渡された出頭日が二〇〇六年二月六日。二ヶ月待ちの予約というわけだ。

「明後日、滞在許可が切れるのですけど」

と県職員にいうと、

「たいしたことじゃないから心配しなくて良いよ」

と明るい返答がきた。

それで二〇〇六年二月六日、また出張所に行った。午前一〇時四四分に受付をすませた。その事務所は外国人担当なので、ロビーには私を含めて外国人がわんさかいる。黒人をはじめ有色人種が多かった。わたしの番が回ってきたのは、一三時一〇分を過ぎてから。約二時間半待たされたわけだ。長時間待たされるのは、フランスの役所では当たり前のこと。必要書類を一度に全部渡したら、向こうはそれをてきぱき処理し、一言いわれたことが「昨年度、滞在した大学の学生証を出しなさい」だった。それで学生証を出したら終わり。滞在許可証は当日もらえるのだと思ったら、その日渡されたのは仮滞在証だけ。いつ本許可証をもらえるのかときいたら、「一ヶ月か二ヶ月かかる」とのこと。郵送で連絡が来るんだそうだ。だいたい、学生の滞在許可証は半年おきに更新である。それなのに、更新に約四ヶ月は時間がかかる。なんという国だろうか。

けっきょく、滞在許可証ができたという連絡が来たのは帰国する前の週だった。いまさら行く必要もあるまいと思い、出張所には行かなかった。

パリ市内であれば滞在許可証更新の予約はインターネットででき、二週間前に予約をすませて、出頭した日に新しいビザをもらうことができた。パリ市から電車でわずか二〇分ぐらいの郊外でこの時間感覚なのだから、フランスの地方に住む人はさらに大変だろう。

◆帰国の準備

二月半ばぐらいから帰国の準備を少しずつ進めていった。

UGCの年間映画見放題カードやインターネットに接続するためのADSL、電話回線の解約を行った。ネットや映画のカードは書類を送るだけで解約できたけれど、電話はフランス・テレコム（France Télécom）の地元事務所に行かなければならなかった。

余分な本を処分するために何度もオペラ座近くのブックオフに足を運んだ。DVDレコーダーやテレビなど電化製品は友人にあげた。

銀行に行き、解約の手続きを尋ねた。帰国前々日に銀行に来て、クレジット兼キャッシュカードを返し、解約の手続きの書類にサインをすればよいという。帰国後、一ヶ月してから口座が閉められ、日本の口座に送金されることになった。

引っ越しはクロネコヤマトのヤマト運輸に頼んだ。

三月下旬は予定が埋まっているので（この時期は引っ越しが多い。三月下旬に日本に戻る場合は、前々から業者に予約しておくとよい）、三月一〇日に段ボールなど引っ越し資材をもってきてもらい、三月一七日に荷物を運んでもらうことにした。段ボール一〇箱・船便というセットで依頼した。日本に届くのは二ヶ月後だという。

三月一七日に段ボール一〇箱が引き取られると、部屋のものはほとんどなくなり、ガランとした。最後の週はダニエル＝コーンベンディット欧州議会議員の取材の準備で忙しかった。二三日（木）の朝に欧州議会・事務所で取材することになっていたから、二二日夜には、通訳者と一緒にブリュッセルに泊まった。二三日は取材を終えて午前中のみブリュッセル観光した後、一三時発のパリ行きタリス（新幹線）に乗った。自宅に行き、私は旅支度をすすめた。

二四日（金）は旅行カバンに荷物を詰めてから、映画館に行って映画を観た。最後のパリだからと少し散歩もした。夜になって帰宅して寝た。

翌朝、大家さんが部屋を見に来た。キズやシミ、汚れがついていないか、あるはずのものがなくなっていないか（家具・食器・電化製品など部屋や共有スペースにあるものは全て一覧にしてある）入念にチェックする。

「部屋が掃除していないわね。それに、ベッドのシーツ・布団カバーも洗っていない。あと、テレビのアンテナが折れているわね」

「アンテナはもともと折れていましたけど……」

「いいえ、そんなことはありません。あなたが折ったのに気がつかなかっただけです」

大家さんが押し切った。

「あと、お鍋を一つ、あなたが焦がして使い物にならなくなり、捨てたわね」

日本風カレーをつくったときに、焦がしてしまったのだ。大家さんによる査察が終わり、上の階の居間に通された。

「敷金のうち、五五〇ユーロは今日、返します。あとは、一ヶ月待ってください。キズがないか部屋を十分調べてから、残りは返します。それでいいわね。あと、マイナス点が多かったので、残りの五五〇ユーロのうち二二五ユーロは没収ということでいいかしら？　布団のシーツとか全部クリーニングに出すから、お金がかかるのよ。わかりました？」

大家さんの迫力に圧倒され、「ハイ」と答えるしかなかった。五五〇ユーロを受け取り、挨拶をしてから家を出て、郊外電車（ＲＥＲ）Ｂ線にのって空港まで行った。

飛行機は遅れることなく出発し、機内で映画を楽しんでいると、もう成田につくという。税関を終えて外に出ると友人が迎えに来てくれた。ヤマト運輸の事務所に行き、引っ越しの書類を渡した。この書類は提出する義務がある。

九ヶ月ぶりの東京だった。

後日の話だが、帰国して一ヶ月後に二二五ユーロ分のお金が大家さんから送金されてきた。

第11章 うつ症・克服体験記

フランスから日本に帰国して一年以上になる。思い返せば楽しい体験ばかりだったが、辛い日々をおくったこともある。

私は留学中に鬱《うつ》症になった。そして、精神科に通った。

留学したばかりの頃は、外国の生活にとかくストレスを感じるものだ。しかし、初めはカルチャー・ショックを受けても、ほとんどの人は徐々に慣れていく。しかし、中には心の健康を長く崩す人もいる。眠れない日々が続いたり、憂鬱な気分が続いたり、ベッドから出られない日が多くなったりすることがある。

そんなときにどうすればよいのか……。参考になるだろうから、私の鬱症・克服体験を紹介する。

◆悪夢・浅い睡眠、精神状態の悪化……

鬱がひどくなったのは、二〇〇五年一一月のことだ。キッカケはとくに思い当たらないが、しいていえば、季節の変わり目に対応できなかったことが原因かもしれない。パリの冬は人々を陰鬱な気分にさせる。太陽が照ることはなく、一日中、鈍色の雲が空を覆う。どんよりとした日々が春になるまで毎日、つづく。

どういう症状が出てきたかというと、外出した後で家が火事になっているのではないかという恐怖心が突然芽生えたりした。頭がずうっとぼーっとして人と話すのも面倒になった。朝起きるのも辛いし、しばし眠れぬ夜もあった。その結果、これは誤った選択なのであるが、睡眠するために深酒した。ワインを一瓶飲んで寝たこともありウイスキーを大量に飲む日々がつづいた。酒の量が増えれば増えるほど眠ることはできる。しかし、精神状態は悪化した。悪夢を見るようになり、睡眠も浅くなり夜突然目が覚め、どうしようもない気持ち・いますぐこの世から消え去りたいような気持ちになった。

◆「鬱がひどいんですけど……」と太田博昭医師に電話

さすがにこれはまずいと思った。

パリ市内には「パリ症候群」の名付け親として知られている太田博昭氏という日本人の精神科医がいることは新聞で知っていたので、太田医師のところに連絡しようか……と思った。しかし、『フランス　地球の暮らし方』（ダイヤモンド社）を読んだところ、一回の診察に八〇ユーロ（約一万一六〇〇円）かかると明記されている。お金を節約したかった。八〇ユーロもかかるならばワインを飲んでリラックスしよう……などと思っていた。

一一月下旬、精神の状態はさらに悪化しこのままでは自己が崩壊すると思い、太田医師のところに電話した。すると留守電だった。メッセージを残すため名前をつけ会いたい旨、伝えようとしたところで、「はい、もしもし太田です」と太田医師が電話に出られた。

「鬱がひどいんですけどどうしたらいいでしょうか」

わたしは開口一番そう尋ねた。とりあえずクリニックに来るようにいわれ日程を調整した。

「一週間後であれば時間が空いていますよ」

と太田医師から提案された。でも、一週間も待てるような状態ではなかった。いますぐにでも会って診察を受けたかった。その旨、伝えると、電話をした翌日の夕方ならば時間がとれるといわれた。予約をとり、クリニックのある場所の説明を受けてから、太田医師はいった。

「海外旅行傷害保険はどこに入っていますか。その書類を持ってきてください。かかった治療費はすべて保険会社から還付されますよ」

私の加入していた東京海上日動火災保険の名を口にすると、太田医師の医療行為に保険を適用させるところだという。

お金のことが気になり電話しないでいたのに、精神治療に保険が適用されるのだということをそのとき初めて知った。初めから知っていればもっと早くに相談したのに……と悔やんだが、翌日、診察を受けられる喜びが後悔より勝った。

◆太田医師による初診

太田医師の診療所を訪れたのは、二〇〇五年一二月五日のことである。

いつから鬱状態が始まり、どんな状態かということをていねいに説明した。

「そうですか。死にたいとかいう衝動はありますか」

「いえ、それはありませんね。せっかく、フランスに来ているわけですし、人生は一回しかないわけですから、死のうという気はありませんね」

太田医師は私の話を聞きながら、キレイにメモをとっていく。

私が話し終えると、太田医師は次のようにいった。

「自律訓練法って御存知ですか」

「はい、知っています。体を横にして手が重くなるとか、自己暗示していくやつですよね」

「そうです。ぜひそれを試してみてください」

太田医師からパリでも買える自律訓練法のタイトルを教えられ、それを読んで実践するようにいわれた。

◆自律訓練法とは

自律訓練法は心身をリラクッスさせる自己催眠法・自己暗示法で、一九三二年にドイツの精神医学者J・H・シュルツ教授が始めた。心療内科や精神科などでも精神的・心理的トラブルの治療の一環としてつかわれる。

自律訓練法の効果として次のようなものがあげられる。
・疲労が回復する。
・過敏状態が沈静化する。
・自己統制力が増し，衝動的な行動が少なくなる。
・身体の痛みや精神的な苦痛が緩和される。
・向上心が増す。
実際に自律訓練法で鬱の症状がよくなったり、心身ともに健康になったり、集中力がついたという人は多い。

しかし、わたしの場合、さしたる効果はえられなかった。

どうも、神経を集中することができず、やってみても数分で気が乱れてしまう。自律訓練法の効果は人によって異なるのだろう。

◆抗鬱薬・精神安定剤が処方され、症状はよくなった

さて、太田医師は自律訓練法をすすめると同時に、薬を処方してくれるように医者の紹介状を書いてくれた。

わたしは診察料の八〇ユーロを支払い、一週間後にまた会う約束をした。だが、翌週、わたしは寝坊してすっぽかしてしまった。電話で詫びを入れると、太田医師から「具合はどうですか」

と聞かれたので、「ええ、好調です」というと、「では、一ヶ月後に会いましょう」といわれた。カウンセリングは月に一回のペースで行うことになった。

処方された薬は、ドグマチール（成分名はスルピリド。仏語ではDOGMATIL）の五〇ミリグラムで一日三回、食後に一錠服用することになった。もう一つはレキソタン（成分名はブロマゼパム。仏語ではLexomil）六ミリグラムでこれは寝る前に一錠服用することになった。

薬の効能を簡単に説明しよう。

レキソタンはベンゾジアゼピン系の緩和精神安定剤で、抗不安薬とか心身安定剤とも呼ばれる。即効性があり、不安や緊張感をやわらげ、気持ちを落ち着かせる作用がある。

薬が処方された当日、レキソタンを半錠（三ミリグラム）飲んでみると、不思議なことに十分ぐらいで不安や焦燥感といったものが消え、とてもおだやかで幸せな気持ちになった。わたしは多幸感に包まれ、ゆっくりと自然に眠りにつくことができた。

ドグマチールはもともとは胃潰瘍の薬で、胃の粘膜の血流をよくし、胃潰瘍の治りを助ける。また、胃腸の動きを活発にして、吐き気やもたれの症状をよくする作用がある。そのため、食欲が旺盛になり、太るから……という理由でこの薬を敬遠する女性が少なくない。

しかし、この薬は鬱症状を緩和する。不安感を消し、気持ちが前向きになるのを助けるという。食欲がつけば、元気になる……という狙いもあるそうだ。

実際に服用すると、暗い気持ちが少し上向き、鬱症状はだいぶ緩和された。

わたしは薬を服用することになってから、気分はだいぶ安定し、平穏な生活が戻ってきた。

◆ニューヨークで叔父家族とクリスマスを過ごす

さて、二〇〇五年の一二月後半の冬季バカンスを私は、叔父が住むニューヨーク郊外で一週間過ごした。クリスマスイヴの夜は地元の教会の礼拝に参加して讃美歌を歌い、翌日は家族・親族が一同に介して昼から夜まで料理が延々と出され懇談&食事を存分に楽しむアメリカ式クリスマス・パーティーに同席した。他の日はマンハッタンのセントラルパークを散策し、世界貿易センタービルの跡地で再開発の最中のグラウンドゼロを見学し、チャイナタウンで本格的な中華料理に舌鼓を打ち、数多くの野生動物が生息する広大なブロンクス動物園で諸々の動物を見るなどして過ごした。充実したバカンスだった。わたしは二〇〇五年一二月三〇日夜にニューヨークをたち、大晦日にパリに戻った。そして、年越しをコンコルド広場で群衆に交じって迎えた。

フランスは新年を迎えるとあちこちで個人用の花火が打ち上げられる。路上に駐車されている車を襲い、燃やす若者も多い。日本にくらべてちょっと危険な大晦日・年越しだ。

一月二日から語学学校の授業が始まった。

日本では一月一・二・三日はみな休むが、フランスでは元旦は休むものの、二日から働き始める。彼/彼女らにとってクリスマスが日本のお正月のようなもので、家族と過ごし、夕食をともにする。

一月半ばになると、母親から私宛に届いた年賀状がまとめて送られてきた。わたしはひとつひとつに返事を書いた。異国の地で年賀状を読み、返事を書くという作業は日本にいるときに比べて感慨深いものがあった。

帰国する三月末まであと二ヶ月。落ち着いた日々がつづくかに見えた。

◆鬱がまたぶり返し、新たな薬SNRIが処方された

しかし、一月下旬、突如としてまた鬱がぶり返した。

まず、過眠になった。いくら寝ても寝たりなくて、週末は一四時間ぐらいぶっつづけで寝ることもあった。また、何かをやろうとする気力が失せた。気分転換に散歩に出ても、すぐにつかれ、ベンチに座り、「ああ、疲れた」と呟いた。出るのは、ためいきばかり……。

こりゃイカンと思い、太田医師に電話して面会したい旨、伝えると、日本へ出張するため、二月頭まで会えないとのこと。そんなー、と思ったが、しかたない。一日中ボーと過ごす日々が続いた。

そして、太田医師に二月上旬、面会することができた。

とりあえず、試しにと数日分の薬を処方するように手配してくれた。

それは、日本では未承認のエフェクサー（EFFEXOR）と呼ばれる薬だった。この薬は選択的セロトニン・ノルアドレナリン再取り込み阻害剤（SNRI）といい、第四世代の抗鬱薬と呼ばれる。セロトニン系とノルアドレナリン系の神経にだけ選択的に働くのが特徴だ。最新の抗鬱薬で、副作用も少なく即効性がある。

しかし、私にはまったくあわなかった。吐き気がこみあげ、薬が効いている間は二日酔いのように気分が悪くなった。太田医師にそのことを伝え、数日後に別の薬を処方するように紹介状を書いてもらった。

日本でも認可されているトレドミン（成分名塩酸ミルナシプラン。仏語ではIXEL）の二五ミリグラムが、一日三回、一回一錠、処方された。トレドミンも選択的セロトニン・ノルアドレナリン再取り込み阻害剤（ＳＮＲＩ）だ。

アモキサンやノリトレン、トフラニール、アナフラニールなどといったＳＮＲＩ登場前の抗鬱薬というのは効果が現れるまでに一週間から二週間かかるのに、副作用はすぐに出てしまうため、効果が出る前に自分の判断でやめてしまう人もいる。しかし、トレドミンはすぐ効く上、副作用も比較的少ない。

「薬はあくまで補助で、自律訓練法がメインですよ」

と、太田医師には繰り返し言われた。

でも、私の場合は、自律訓練法よりも薬のほうがよく効いた。

トレドミンを処方されて初めに飲んだのは仏映画『アンジェラ』(Angel-A) を観ている最中だった。ミネラルウォーターで一錠、ゴクリ……と飲み込んだ。二〇分ぐらいすると、幸せな気分が湧いてきた。薬の効果はてきめんで、三月二五日にフランスを離れるまで、薬を服用することによって、わたしの心は安定した。

精神科というと、遠い存在に感じる、あるいは自分とは無縁の場所だと思う人もいる。しかし、精神的健康を崩した時に相談にのってもらえ、治療してくれる場所として、精神科が存在するのだと知っておくとよい。二〇〇二年に向精神薬の処方を受けたフランス人は二四・五％、七〇歳以上の女性だと五五％にのぼる（日刊紙『フィガロ』調査）。フランスでは精神科は身近な存在だ。精神科に行ったからといって後ろ指さされることはない。困ったときには安心して利用すればよい。

◆治療費は保険会社が全額負担する

ここで海外旅行障害保険の話をしたい。太田医師に指摘されるまで私は知らなかったのだが、保険に入っていれば、精神科にかかった診察代・治療費・薬代も全額、保険会社が負担してくれる。わたしは太田医師に一回につき八〇ユーロ払った。合計すると四回診察を受けたので三二〇ユーロ（約四万六四〇〇円）支払った。日本に帰国してから、太田医師の診断書と処方薬の領収書（薬局で発行されるので保管しておく）、名前・住所・振込先・病状などについて本人が書く保険会社の記入用紙をまとめて、東京海上日動火災保険の本社に郵送した。治療費の還付を請求したら、全額が返還された。保険に入っていれば治療費は無料（！）だから、心の具合が悪い場合は医者にかかれると覚えておくといい。

わたしの知人が、肌が荒れて皮膚科に行ったらビタミン剤を各種処方された。それらを服用したら肌がすべすべ・つるつるになったと、えらく喜んでいた。心に効く薬はビタミン剤みたいなもの。それを飲んだら、病状が治り、活力がもどる（薬が一切効かない人もいるが……）。歯が痛けりゃ痛め止めをもらうだろう。心だって風邪はひくし痛みが長くつづくこともある。そういうときは適切な投薬が必要なのかもしれない。風邪をひいても医者にいかない人だっているから、我慢強い人はひとりで我慢すればいいだろうが、（心の）痛みにたえられない人は医者に行くのも選択肢の一つだ。

海外旅行傷害保険に入るときには必ず、精神治療を受ける場合、治療費を全額、保険会社が負担するか確認しておくといい。保険会社によっては太田医師のカウンセリングに保険適用を認めないところもあるというので、予めご確認あれ。

第4部

絶対使える！　留学情報

第12章 フランス生活お役立ち情報

1 フランス生活の必要条件

◆日本語が通じる銀行で口座開設

フランスで生活するためにはお金が必要だ。

では、その管理をどうするか。まさか、キャッシュで何千ユーロも持ち、自宅に隠しておくわけにもいくまい。銀行口座を開設する必要があろう。

私は留学して一年はフランスでは銀行の口座を開設しなかった。

日本のシティバンクで口座をつくり、そこからお金を引き落とした。パリのシャンゼリーゼ通りにシティバンクの支店とATMがあり、そこでお金を引き出せば手数料はとられない。

しかし、パリに暮らして一年がたち、口座を持つ必要が出てきた。

学生寮を出て私はステュディオをパリ郊外に借りた。そこで電話回線とインターネット回線ADSLをひこうと思った。そのためには、引き落としのために銀行口座が必要だ。国が学生に支払う住宅補助手当（allocation）をもらうためにも銀行口座が必要だった。

では、どこの銀行がいいか。

リヨネ銀行（Crédit Lyonnais《クレディリヨネ》。略称ＬＣＬ）のパリ・ピラミッド（PARIS PYRAMIDES）支店をすすめたい。同店は日本人スタッフが何人も働いているうえ、日本語を話せるフランス人もいる。開設に必要な手続きなど、すべて日本語で説明してくれるので、分かりやすい。

口座を開設するにはまず、事前にアポイントメントをとる必要がある。

そのときに、必要な書類を聞いておくとよい。

そして、アポイントメントの日に支店に行き、日本語で説明を受けた後で、必要書類を渡し開設に必要な最低限の金額のお金を口座に入金すると、一週間ぐらいで口座が開設される。口座が開設されたら、カード（Carte Bleue）を受け取る。ＡＴＭでお金を下ろすときにつかえるだけでなく、フランス国内でクレジットカードとしても利用できる。他国でも使用可能なＶＩＳＡかMasterのついた国際カードを希望するかどうかは口座開設時に尋ねられる。

リヨネ銀行パリ・ピラミッド支店はオペラ座大通りに面している。地下鉄ピラミッド（Pyramide）駅のオペラ座に向かって右手の出口を出ると目の前にある。

◆海外旅行傷害保険に入ってトクなこと

フランス留学するためには、以前は、海外旅行保険に入るという誓約書を書くだけで良かった。

だが、いまでは在日フランス大使館に提出する資料として海外旅行保険との契約書が義務づけられている。

留学生向けのサービスを提供している大手保険会社はＡＩＵや東京海上日動火災保険、ジェイアイ傷害火災保険などがある。参考までにＡＩＵの一般用プランの一年分の金額を紹介しよう。

・寮・ホームステイプラン――　一一万一七五〇円（最安値）～一八万六九三〇円（最高値）

・アパート・借家プラン――　一二万六〇四〇円（最安値）～二〇万一二二〇円（最高値）

知人が営業する旅行代理店のススメがあって私は東京海上日動火災保険の留学生プランに加入した。

保険に入っていてトクをしたな……と思ったことがいくつかある。

一つは気持ちの持ちようだ。事故にあったり病気になったりしても治療費は保険会社が全額支払ってくれる。安心して生活できる。保険に入らずにいた知人がいたが、体調不良になる度に、「私は病気になっても病院に行けない」とよくうめいていた。

私が医者にかかったのは二度だ。

二〇〇六年の一月に腸炎をおこしたとき、パリ郊外にあるアメリカン・ホスピタル（l'Hôpital Américain de Paris）に行った。そこには内科のドクターとして日本人医師が勤務しており、診察を受けたあとで整腸剤を二週間分、処方してくれた。この病院では、診察・治療にかかったとしても保険契約書を見せるだけでよく、あとの処理は病院と保険会社の間で行われるため、その場でお金を払う必要はない。ただ、フランスは病院と薬局の分離が義務づけられているため、病院では薬は処方されない。薬局に行って薬を買わなければならない。その際に、領収書が発行されるのでそれを保存し、まとめて保険会社に請求すれば、それも保険会社が全額負担してくれる。

もう一つの医者体験は、前章で述べた太田博昭・医師のクリニックに通った体験だ。一回の診察料が八〇ユーロで、これは太田先生に直接支払った。先生の紹介状でフランス人・医師に処方箋を書いてもらい、薬もいくつか服用した。太田先生のところには、合計四回通ったから、三二〇ユーロ支払った。太田医師には最後の診察で領収書と診断書を書いてもらい、日本に帰ってから薬の代金の領収書とともに保険会社に送ったら、これも全額負担された。

たいていの保険では、心の健康を崩して医者にかかっても、体調を崩して病院に行っても、全額保険会社が持ってくれる。だが、契約内容にもよるので、保険を選ぶときには必ず細かい点も確認するとよい。

もう一つ、保険に入ってトクしたことがある。二〇〇六年三月のある日の夕方、映画館で映画を私は一本観た。映画を観る前に仕事で政治家にインタビューしてきたので、撮影用にカメラを持っていた。私は座席の隣にカメラを置いた。映画が終わり隣の座席を見ると、置いてあったはずのカメラがない。あたりを探したが見つからなかった。映画を観ている間に誰かが盗んだようだった。

私はすぐに警察に行き、被害届を出した。

警察はすぐに盗難の証明書を発行してくれた。幸いなことに、盗まれたカメラを買ったときの領収書は保管してあった。

日本に帰国してから、盗まれた状況と盗まれたものとその金額などを保険会社所定の用紙に書き、盗難証明書と領収書とあわせて送った。買ってから半年たったものだったので、つかった分、価値が下がっている。保険会社から、買ったときの金額の約八～九割のお金が支払われた。

日本から高価なものを持っていく場合は必ずその領収書をとっておいたほうがいい。海外で高価なものを買ったときも同様だ。盗まれたときに領収書があれば、保険会社にお金を請求できる。

◆日本語が通じるアメリカン・ホスピタル

フランスに住む日本人にとって、覚えておいたほうがいい病院がアメリカン・ホスピタル（l'Hôpital Américain de Paris）▼だ。

アメリカン・ホスピタルは、パリ近郊の閑静な住宅街にある全科（外来診察、救急外来、手術、入院、出産）を備えた私立の総合病院だ。日本人のために、日本人医師、看護婦、通訳からなる日本セクションがあり、日本語での医療活動、アシスタンスを行っており、多くの日本人が利用している。夜間休日の緊急時には、邦人アシスタンスセンターとの連携で、二四時間日本語電話対応サービスを提供している。

◆滞在先探しは語学学校や日本語新聞、日本人会を利用しよう

フランスに来て一番の悩みは滞在先をどうするかだ。

フランスにいる間、私は滞在先を五回変えたが、困ったことはなかった。リールで暮らしたときは、留学先のリール政治学院が学生寮を手配してくれた。トゥールで暮らしたときは、留学先のトゥール・ラングが素敵なステュディオを用意してくれた。手数料はとられなかった。大家さんも気のいい人でとくにトラブルもなく快適な生活を送れた。パリに来て学生寮に入る前にはまず、語学学校のエルフがホームステイ先を用意してくれた。ここも手数料はとられなかった。洗濯に関して不満はあったけど、大金持ちのアパルトマンの一室で満足のいくステイ先だった。その次に住んだ国際大学都市は日本で予め出した書類が審査を通って住む権利を得られた。入る前に少しトラブルがあったとはいえ、住んで困ることはなかった。国際大学都市を出た後は、『Paris-Tokyo 通信』で見つけた物件に住んだ。日本人が大家だったので、これもとくに問題なかった。

比較的問題のない物件を見つけるには以下を利用すると良い。

- 語学学校に滞在先を手配してもらう（たいてい手数料をとられる）。
- 日本人向けの新聞の物件欄を見る。
- 日本人会の物件欄を見る。

日本人向けメディアにも、ごくまれに問題のある大家の物件が載ることがある。それに対する注意が日本人会に掲示されることもある。一番無難なのは、語学学校に頼むことで、問題のある物件をまわされることはまずない。彼らは手配のプロだから、留学生にあった物件を用意してくれる。

ただ、語学学校が紹介するものでも、ホームステイに関しては当たり／ハズレが多い。とりあえず、物件情報が掲載されている日本人向け新聞と日本人会を紹介しておく。以下の新聞を見て物件を探せば、良いものをきっと見つけられるだろう。

◎日本人会▼
・住所：97, AV. DES CHAMPS-ELYSEES 75008 PARIS France
・日本人会の建物内にも物件に関する掲示欄があり、ホームページ上にも情報を載せている。

◎『Paris-Tokyo 通信』▼
・月に二回、木曜日に発行される日本語無料新聞。パリの日本人関係のお店・会館・施設に置かれている。
・ホームページの『PARIS - JEUDI - TOKYO』と書かれたところを二回クリックすれば、最新号を閲覧できる。

◎『フランスニューズダイジェスト』▼
・毎週木曜日発行される全面カラーの日本語無料新聞。パリの日本人関係のお店・会館・施設に置かれている。
・最新号・バックナンバーをホームページで閲覧できる。

◎『オヴニーOVNI』▼
・毎月一日、一五日に発行される日本語無料新聞。パリの日本人関係のお店・会館・施設に置かれている。

◆最大二万円！　学生は国から家賃の補助金をもらえる

学生身分の滞在許可証を持ち、正式にフランスで暮らしている学生は、住宅補助手当(allocation)を受給することができる。居住形態や家賃、本人の収入などによって金額はまちまちだが、月七七ユーロ～一五五ユーロ（約一万一〇〇〇円～約二万二〇〇〇円）程度支給されるから、けっこうな額だ。フランスで住居をかまえるなり、手続きをするとよい。ただ、ヤミで貸しているところでは住宅補助手当をもらえないため、物件を探すとき、手当が申請できるかどうか必ず大家に確認しておいたほうがいい。

受給のためには滞在許可証、パスポート、学生証、ＲＩＢ（銀行口座番号の証明書）、家賃証明書が必要となる。家賃証明書は所定の用紙があるので、大家に書いてもらうことになる。

家族手当基金ＣＡＦ（Caisse d'Allocations Familiales）が窓口になる。いまはインターネット（http://www.caf.fr）から申請できる。ホームページのトップに行くと、『AIDE AU LOGEMENT ETUDIANT』（学生への住宅援助）という項目があるのでそこをクリックする。すると、「Saisissez le code postal de la commune où se situe votre logement」（住居のある地域の郵便番号を入力せよ）と出てくるので、空欄に郵便番号を入力し「VALIDEZ」（確認）のボタンをおす。そうすれば、住宅手当の手続きが進んでいく。

辞書を片手にしながら、分からない単語があればひいて、必要事項を埋めていけばよい。家賃証明書もダウンロードできる。インターネットに接続できない人は家主に市役所の場所を聞き、そこでその地域のＣＡＦの場所を教えてもらえばいい。そこで、手続きができる。

2　ぼくのイチオシ

◆超便利！年間・映画見放題カードと激安情報誌

フランスは映画好きにはたまらないとても便利なカードがある。

それは、年間・映画見放題カードだ。このカードがあれば、一日に何本でも見られるし、制限はない。一日中映画館にこもり映画を見続ける生活を一ヶ月続けようが文句はいわれない。

この種のカードを出しているのは、日本でいえば東映・東宝のような大手映画配給会社。以下、三社だ。

・ユージェーセー（UGC）
・エムカードゥー（MK2）
・ゴーモン（Gaumont）

各社が出しているカードはそれぞれの系列の映画館のみでつかえる。

UGCはフランス最大手の映画会社で、年間見放題カードを一番初めに導入したのも同社だ。パリには一五の映画館をかまえている。中でもレアールにあるUGCの映画都市（UGC Ciné Cité Les Halles）は圧巻だ。一九のスクリーンがあり、一部屋に五〇〇人以上入れる巨大スクリーンがいくつもある。

UGCの見放題カード（Carte UGC ILLIMITE）は月一八ユーロ（約二六〇〇円）払えば購入できる。ただ、初年度は一年分の代金＋入会費を支払わなければならない。最低期間は一年で、一ヶ月だけの見放題カードは売られていない。他社も同様だ。UGCでは一回の映画チケットが九・五ユーロ（約一三〇〇円）するから、月に三回見ればモトがとれてしまう。私なんぞは毎週三、四本の映画を観ていたから、十二分にモトがとれた。

ゴーモンはパリに九つの映画館をかまえていて、MK2はパリに一一の映画館をかまえている。

両社は共通の年間見放題カード（Carte le Passe）を発行していて、月一九・八〇ユーロ（約二八〇〇〇円）となっている。

映画会社の特徴をいうと、ＵＧＣは新作を大量に上映し、不人気だとすぐにうち切っていく。映画の回転率は早い。ＭＫ２は渋めの映画も上映し、一つの映画を比較的長い期間、上映する。派手好きな人はＵＧＣがあうだろうし、渋いのが好みの人はＭＫ２があう。

映画好きに欠かせない雑誌はパリ版『ぴあ』といえる週刊情報誌『パリスコープ』（pariscope）と『ロフィシエル・デ・スペクタクル』（L'officiel des spectacles）だ。毎週水曜日に発行で駅・街頭のキヨスク・雑誌売り場で売られている。前者の価格は〇・四〇ユーロ、後者は〇・三五ユーロという破格。公衆トイレに入るより安い。新作映画の紹介、パリとその周辺の全映画館の情報が掲載され、各館で何が上映されているか紹介されている。また、ある映画が上映されている映画館もすべて掲載される。映画情報以外にもその週の劇場・音楽・美術・画廊・子ども向けイベント・スポーツ&健康・レストラン・夜のイベントといった情報が網羅されている。これ一冊あれば、その週にパリで何が行われるのかすべて分かる。ぜひ、一度手にすることをオススメしたい。

映画情報を知るためにもっとも充実したデータベースは『アロシネ』（Allociné）だ。▼

俳優や映画監督の経歴から、宣伝用動画・宣伝用写真・キャスティング・上映されている映画館まで映画のあらゆる情報が網羅されている。宣伝用動画（bande-annonce）とは映画が始まる前に流される予告編のことだ。

その中でもオススメのコーナーがある。

アロシネでは、映画につけられた新聞・映画雑誌などの批評の点数がすべて公開されている。フランスの映画批評はすべて四つ星で点数化されている。名作であれば「★★★★」(四つ星)、駄作であれば「☆☆☆★」(一つ星)がつけられる。どの雑誌がどの点数をつけたか、『アロシネ』では全公開している。多くの雑誌が「★★★★」をつけていれば面白い映画だろうし、多くの雑誌が「☆☆☆★」をつけていれば駄作だろう。

◆日本語の書籍や映画をそろえたパリ日本文化会館

エッフェル塔の近くにパリ日本文化会館(Maison de la culture du Japon à Paris)▼という便利な施設がある。

ここの一階には陶器や漆器など日本の工芸品や古典音楽のCD、古典芸能・日本文化について紹介したフランスの本などを扱った店が入っている。一九九七年に設立されたときにはジャック＝シラク大統領も開会式にかけつけ、挨拶をした。初代館長はシラク氏の友人である元NHKキャスターの磯村尚徳氏がつとめた。

会館では講演会やコンサートなどが定期的に催されている。

また図書室も備えていて、日本の雑誌や一万一八〇〇点の書籍が所蔵されている。フランスの日刊紙三紙と、朝日新聞・讀賣新聞・日経新聞も置かれている。雑誌コーナーで『週刊ＡＥＲＡ』『月刊選択』『月刊 Foresight』『キネマ旬報』などを私はよく読んだ。長谷川町子の『サザエさん』や『いじわるばあさん』など漫画も置かれている。大学図書館のように机がたくさん用意され、ゆっくり読書・勉強することができる。

図書室の上には視聴覚室があり、北野武・小津安二郎・黒澤明監督の名作や黒沢清監督などの比較的新しい映画、『パーフェクトブルー』のようなアニメ作品もあった。日本のポップスや古典音楽のＣＤもあり聞くことができる。

フランス語だけの生活で頭がパンクしそうになったら、パリ日本文化会館に行くといい。

◆割安で本を購入できるパリのブックオフ

海外生活者にとって一番欲しいものは何か？腹が欲するのは日本食だが、頭が欲するのは本ではないか。しかし、海外都市には日本人向けの書店があったとしても、日本で買うより二倍から三倍の値段がする。

パリでもかつてはそうだった。しかし、あの新古書チェーン店・ブックオフが二〇〇四年六月、パリに進出して店舗を開き、状況はかわる。ブックオフ・オペラ座店の場所はオペラ座から徒歩二分のところにある。店内には漫画、日本語の本、日本のＣＤ、ＤＶＤが並ぶ。

ブックオフの本の価格は日本と同様、二種類ある。ひとつは本の定価をもとにしたもので一六〇〇円の本ならば一六ユーロ（約二三〇〇円）、二〇〇〇円の本ならば二〇ユーロ（二九〇〇円）という風に価格がつけられている。もう一つが格安の本で二ユーロ（約二九〇円）本だ。日本の店舗だったら一〇〇円で売られているような本が二ユーロで売られる。

どうやってブックオフは本を集めるのか。坂本孝前社長はニューヨークへの出店の成功について、こう語っている。

「日本の郊外店で集めた物を商品センターに持っていって、二〇フィートのコンテナに積んで、灼熱のバミューダ海峡を五五日ゆっくりかけて持っていく。一冊あたり一三円のコストです」

「古本は他の商品と違うから、五五日かけてゆっくり運んで安くするってこともひとつの考え方なんです。ニューヨークの紀伊国屋さんていうのは、週刊誌を航空便で運ぶでしょ。だから、一冊三〇〇円の週刊誌が七〇〇円、九〇〇円と二倍、三倍になっちゃうんです。それが必要な人は買うでしょ。でも、文庫っていうのは腐りませんからね。（ブックオフの）ニューヨーク店がうまくいっているのは、腐らない本を運賃をかけずに持っていったら、結果的にそうなったんです。やってみて、そういう手もあるなと発見しました」（『ブックオフの真実――坂本孝ブックオフ社長、語る』日経ＢＰ社）

一冊あたりの輸送コストがわずか一三円。パリへの輸出でも事情は同じだろう。ブックオフ海外店舗が存続できるのはこの輸出コストの安さによる。本を読みたくなったら、あるいは売りたくなったら、パリのブックオフに行くとよいだろう。

◆フランスの新聞

日本と同様にフランスにも多くの地方紙が存在する。全国紙と地方紙を合わせると一〇〇紙をこえる。ここでは中央紙・パリで手に入る新聞を紹介しよう。

まず、日本でもよく知られた日刊紙が『ルモンド』(Le Monde) だ。一九四四年に創刊された同紙の発行部数は約三七部。新聞は解説記事から成り立っている。一つの記事が日本の新聞に比べて長い。午後に発行される。

『ルモンド』による有名なスクープを紹介しよう。一九八五年に環境保護団体『グリーンピース』の監視船レインボーウォリア号がニュージーランドで何者かによって爆破された。『ルモンド』は、これがフランスの秘密機関の犯行で、大統領府もからんでいると暴露した。当時のミッテラン政権は死亡したカメラマンの遺族、ニュージーランド、グリーンピースに賠償する羽目になった。それ以来、『ルモンド』は大統領府で読まれることが禁止された。

次に有名なのが、『フィガロ』(Le Figaro) だ。一八二六年に創刊された同紙の発行部数は約三五万八〇〇〇部。同紙は朝、発行される。紙面は保守的 (右寄り) だ。

フランス語初心者には読みづらい文面なのが、『リベラシオン』(Libération) だ。左系の同紙は一九七三年に創刊され一四万部発行されている。

『フランス・ソワール』(France Soir) や『パリジアン』(Le Parisien) はやわらかめの紙面作

りなので、読みやすい。『レキップ』（L'Equipe）はフランスで一番読まれているスポーツ新聞だ。他紙よりも薄い日刊紙『ユマニテ』（L'Humanité）は共産党の機関紙だ。彼らの視点で社会問題や政治問題を論評する。

あと、パリなどでは日刊の無料紙が三紙、手にはいる。全面フルカラーの『20 minutes』は二〇〇二年三月に創刊され、部数は八万七〇〇〇部だ。二〇〇七年二月六日に創刊された『マタンプリュス』（MatinPlus）は創刊時にフランス中の話題になった。というのは、同誌を発行するのは伝統ある有料夕刊紙『ルモンド』であるからだ。『マタンプリュス』は全ページにわたるカラー写真と、短い記事を主体にした紙面で、新聞を購読しない若者をターゲットにしている。創刊時で発行部数は三五万部だ。藁半紙のように粗い紙質でわりと地味な紙面なのが、二〇〇二年二月に創刊された『メトロ』（Metro）だ。地下鉄の駅構内に置かれている。

私はこれら無料紙を愛読した。記事が短く的確で平易だから、読みやすい。大都市に住むなら、無料紙を手にすることを勧めたい。

◆挨拶で両頬にキスをする文化

フランスやスペインでは仲良くなると、挨拶として両頬にキスをかわす。

それを bisou（ビズー）という。パリの待ち合わせ場所としてつかわれるところで、人を待っているとき、会うなりに「Ça《サ》 va《ヴァ》 ?」（元気？）といって、抱き合い両頬にキスをする人をよく見かけた。女同士であれば二人ともキスをするし、男女の場合、女性が男性にビズーする方が多い。もちろん、両方ビズーする場合もある。男同士がビズーすることもある。

大学のキャンパスでもビズーはよく見かけた。

「ひさしぶり」とか「元気」といって、女子学生が男子学生にキスをする。日に何度も見かける光景だ。

私もビズーを何回かされた。初めてのビズーはホームステイを終えるとき。マダムが最後に「元気でね」と両頬にキスをした。大学のパーティーで女性に会うと知り合いであれば必ずといっていいほどビズーをしてもらえる。はじめて女子学生と知り合い互いに紹介をした後にも、ビズーをしてもらえる。

ビズーは親愛の証で、スキンシップだ。

スキンシップも「セクハラ！」といわれる昨今、日本人はこの文化に初め驚くだろう。男同士がビズーをしていたら、「このひとたち、ゲイなの？」と思うかもしれない。しかし、ゲイでない男同士でもビズーはする。

もし、あなたが女性ならばパーティーに行ったとき、知り合いに会ったらビズーをしよう。はじめて会った人とお互いに自己紹介をし終わったあと、親愛をこめてビズーをしよう。友達と会うときには初めにビズーをしよう。別れるときもビズーをしよう。

男はビズーをしてもらうチャンスがたくさんある。恥ずかしがらず、頬を前に出そう。

私はビズーという文化が好きだ。見ていて気持ちいい。

第13章 フランス生活で役に立つブック・ガイド

◆留学&生活編

日本からどんな本をもっていったらいいか。自分の好きな小説、座右の書、詩集、絵本。人が好む本は人それぞれだ。ここでは私がフランス生活する上で役に立った本を紹介したい。まずは、「留学&生活編」についての本から紹介する。

◇『パリ&近郊の町〈2004～2005年版〉』（ダイヤモンド社）

観光者向けに書かれた本だけど、パリ滞在者にもけっこう役立つ情報が満載。カタカナのルビが振ってある地図や、路線図、レストランやカフェのガイド、地区別ガイド、月々のイベント、パリから行く日帰り旅行、美術館ガイドが掲載されていて、パリ滞在者にも十分つかえる内容になっている。電話、携帯電話、インターネット、郵便、宅配など、来たばかりのときは分からないことが多い分野の情報も網羅されている。盗難、紛失、病気、ケガなど旅行者でなくてもあうことが多い。そんなトラブル対策も載っている。旅でつかえる簡単なフランス語も掲載されていて、パリにきたばかりのときはここに掲載されているフレーズがよくつかえる。「町歩きのために知っておきたい歴史の話」というコラムは散歩するときにつかえるし、「芸術にもっと親しむためのアートコラム」は芸術好きの人には必須の情報だろうし、「最新お役立ち情報」ではメトロ(地下鉄)でのトラブル投稿集などが掲載されている。『パリ&近郊の町』は毎年、新しい年度版が出るので、最新のものを買うとよいだろう。

◇『成功する留学　フランス留学』〈地球の歩き方〉(ダイヤモンド社)

数年おきに新しい版が出版される。最新のものは、二〇〇七年三月一〇日に発売された。これ一冊さえあれば、語学留学であれば語学学校探しから申し込みまで、自分の力でできる。中には有料の代行機関を利用する人もいるけれど、留学は自分の手で極力、準備した方が身になると思う。この本は独り立ちするためにも欠かせない一書だ。見開き一頁に一校の情報が収まっている一〇八校の学校データベースは、いろいろな学校を比較できるのでとても有用だ。「パリで仕事を探すには」「学生ビザQ&A」などつかえるコラムが多数掲載され、「資料」として「入学願書記入例」「不動産広告の略語の読み方」「フランスイエローページ」が掲載されている。版が新しくなる毎に、中身が更新され進化していて、留学に必要な情報はすべてといっていいほど網羅されている。

◇『フランス留学案内――大学留学』(三修社)

大学やグランゼコールなどフランスの高等教育研究機関に正規に入学する一年以上の長期留学

を考えている人のためのガイドだ。留学を思い立ってからの準備から教育制度の解説、日常生活のガイドや帰国の準備などについて記されている。語学留学に関するガイドは毎年ダイヤモンド社から出ていたが、フランスの大学に留学するための本は近年、なかった。その意味では、フランス大学留学志望者にとっては待望の書といえる。大学留学に必要な情報はすべてといっていいほど網羅されているので、大学をめざすならばこの書を手にするとよい。

◇『地球の暮らし方2 フランス2006～2007年版』(ダイヤモンド・ビッグ社)

留学生のみならず、ワーキングホリデービザで行く人なども対象にしたガイドブック。フランスで生活する上で必要な情報が網羅されている。

◇加藤紀子『私にも出来たいくつかの事――フランスにて』(集英社)

加藤さんは当初三カ月のプチ留学のつもりだったのが、二年間にもおよぶフランス生活を体験した。「ホームステイ先の家族との触れ合いやクラスメイトと過ごした日々は、フランス語を習得する以上のものをもたらしてくれた」という。フランス留学はどんなものなのか、加藤さんの視点で書かれた本。

◇市川慎一『フランス語の手紙』(白水社)

フランス語の手紙の書き方について書かれた本。「祝う」「知らせる」「誘う・招く」「問い合わせる・申し込む」「頼む」「紹介する・推薦する」「見舞う・お悔やみ」「お礼・詫びる」などのテーマで文例が豊富に載っている。フランス滞在中、フランス語で手紙を出すことは必ずあるだろうから、そのときにつかえる。文例の表現を借用すれば手紙がかける。

◆政治に関する本

◇渡邊啓貴《ひろたか》『フランス現代史――英雄の時代から保革共存へ』（中公新書）

著者は東京外語大学の教授で国際関係論・ヨーロッパ国際関係論・フランス政治外交論を専門にしている。フランスがナチス解放された時代からジャック＝シラク大統領が社会党と第三次保革共存（コアビタシオン）した時代までを描いた良書。それぞれの時代の特徴・政権・政策の重要部分が網羅されている。極右の進出といったマージナルだけれどフランスでは重要な問題として扱われているテーマについてもページが割かれている。この一冊を読めば、フランスの近現代史・近代政治史が分かり、基本的な用語を理解することができる。

◇渡邊啓貴『ポスト帝国――二つの普遍主義の衝突』（駿河台出版社）

三九九頁という大著。フランスをより詳しく知りたい上級者向きの一冊。アメリカとフランスを比較しながら、政治機構・外交手法・政治理念の違いを描き、最後には日本外交の道筋をも問うている。フランスで政治・外交を学びたい人にとっては必読の書である。

◇畑山敏夫『フランス極右の新展開――ナショナル・ポピュリズムと新右翼』（国際書院）

佐賀大学教授でフランス政治の研究者の手によって書かれた名著。フランスの語学学校や大学の政治の講義で、『国民戦線』（Front National）やジャンマリー＝ルペン（Jean-Marie Le

Pen）氏という言葉を耳にすることが一度はあるはずだ。たいてい、否定的な文脈においてであるのだが……。本書を読めば、極右政党『国民戦線』を完全に知ることができる。

◆社会&時事に関する本

◇軍司泰史『シラクのフランス』（岩波新書）

一九九五年から九九年まで共同通信のパリ支局員を務めたジャーナリストの一書。高い失業率や、極右の台頭、深刻化する移民問題、ゼネスト、核実験、イラク戦争反対……。グローバル化の進展と欧州統合の拡大という歴史的な転換の中で、フランスはどう変わろうとしているのかについて書かれた本。一九九五年以降から〇三年までのシラク時代に焦点を当て、フランス政治・外交を鋭く描写している。ジャーナリストがお手本にすべき力強く明快な文体で、本の内容から筆者が力のあるジャーナリストであることが想像される。シラク政権がどんなものだったのか知るには格好の書だ。

◇安達功『知っていそうで知らないフランス――愛すべきトンデモ民主主義国』（平凡社新書）

一九九五年七月から九九年三月までパリ特派員を務めた時事通信・記者の本。日本人から見たら奇異に見えるフランスの実態を告発した書で、フランス政治・社会を知る上での基本書にもなっている。ストと国民の義務、エリートとグランゼコール、フランス人の反米意識、環境意識、選挙制度、戦争責任、人権の母国フランスの現実、地方自治、移民国家、家族やカップルについて書かれている。

◇竹下節子『アメリカに「NO」と言える国』（文春新書）

アメリカ政治文化とフランス政治文化を比較した本。アメリカのコミュノタリズム（共同体多元主義）とフランスのユニヴァーサリズム（普遍主義）をキーワードに両国の違いを論ずる。

◇磯村尚徳『しなやかなフランス人』（毎日新聞社）

磯村氏は元NHKキャスターにて初代・パリ日本文化会館館長で二〇〇五年三月まで務めた。シラク大統領と古くからの友人でもある磯村氏がフランスの政治や文化、社会について書いたエッセイ集。

◇山口昌子『大国フランスの不思議』（角川書店）

産経新聞パリ支局長＝在任一〇年以上の現場記者が追った「フランス」レポート。新聞に書いたコラムを中心にまとめた本なので、ひとつひとつの文章が短く読みやすい。山口記者はシラク大統領・夫妻とも懇意であり、新聞記者としてはもっとも長くフランスに在住している方だ。

◆移民&男女に関する本

◇ミュリエル＝ジョリヴェ（Muriel Jolivet）『移民と現代フランス――フランスは「住めば都」か』（集英社新書）

著者は上智大学の教授。「あらゆる民族、宗教、歴史的背景をもった、大量の移民が流入し続ける国・フランス。人種、民族、文化の融合はあるのか？　その真の姿を描くルポルタージュ」とアマゾン・レビューで紹介されている本書は移民の声をたくさんひろい、紹介している。遠いところから、移民やその問題を論じるのでなく、徹底して現場主義のスタイルをとっている。

◇ミュリエル＝ジョリヴェ（Muriel Jolivet）『フランス 新・男と女――幸福探し、これからのかたち』（平凡社新書）

フランスの最新の恋愛・家族・結婚・女性事情について触れられている。同性カップルも利用できる準結婚制度のパクスが平易に解説されている。フランスの「男と女」がどうなっているのか知りたい人にはおすすめの本だ。

◆映画＆日本郷愁に関する本

◇中川洋吉『生き残るフランス映画――映画振興と助成制度』（希林館）

映画大国フランスの制度・歴史について論じた本。映画助成制度や映画振興策について触れられている。映画好きにはたまらない一冊だろう。

◇中条省平『フランス映画史の誘惑』（集英社新書）

フランス映画の歴史を平易に解説した本。この本を読めば、フランス映画の基本的な知識を習得できる。フランス人との会話でフランス映画が話題になったら、自分の意見・知識を披露できるようになろう。

◇金子京子『琴平すし駒旅館繁盛記』（早美出版社）

私がアテネ・フランセでフランス語を習った教師の自伝的な本。金子先生は五四歳の若さにして二〇〇六年六月に突如、亡くなられた。限りなくなつかしい昭和三・四十年代の日本が甦る、郷愁を誘う一冊。フランスに行けば日本的なものに飢える。そのときに本書は日本らしさ・日本の温かさを優しく伝えてくれるだろう。

◆日本の旅行ガイド本はかなりつかえる

フランスに生活していれば、フランスの近隣諸国に行きたくなるだろう。TGV（フランス新幹線）をつかえばパリからブリュッセルまで一時間半、アムステルダムまでは四時間、ユーロトンネルを走るユーロスター(Euro Star)をつかえばパリからロンドンまで三時間。とにかく鉄道・バスを乗り継いでいけば、ヨーロッパのどの都市にも行ける。夜間バスをつかえば格安の値段で欧州都市へと行ける。また、フランスにいれば、アフリカ大陸にも行きたくなるだろう。北アフリカにはパリ郊外の空港から飛行機に乗ってわずか三時間で行ける。アフリカ大陸にはフランス語圏の国が多いから、フランス語を話せる人はアフリカ旅行を存分に楽しめるだろう。

一つ耳寄りな情報をお教えしよう。フランスにも海外旅行のガイドブックがフランス語で売られている。フランス語を自由自在に活用できる人はそれをつかえばいいや……と思うかも知れない。実体験からいうと、日本の旅行本・旅行ガイドに比べると、フランスの旅行本はつかいづらいし丁寧でない。それさえあれば旅行初心者でも心配なく旅行できる……という風に日本のようにはなっていないのだ。

だから、ヨーロッパやアフリカを旅行したいならば、日本のガイドブックを持っていくことをお薦めする。パリにあるブックオフでは豊富な品揃えで値段もまあまあだが年度が古いのが多い。パリのジュンク JUNKU 堂も豊富な品揃えで他の書籍に比べたら良心的な価格設定がされている。だから、わざわざ日本から持っていく必要もない。しかし、持っていっても損はない。とりあえず、私が購入した旅行本を紹介したい。

◇『地球の歩き方チュニジア〈2004～2005年版〉』（ダイヤモンド社）

チュニジアは、私が旅行した国の中でもっとも印象深く癒された国。人々がやさしい。地方に行くと日本人がめずらしがられ、中学生・高校生から親密に話しかけられた。「ありがとう」「こんにちは」という簡単な日本語は中高生でも知っているのには驚いた。治安もよく夜、歩いても安全だった。ただ、イスラム圏の国なので、女性一人の旅行には向かない。都市部ならばまだしも、地方に行くと、女一人旅は怪訝に思われるだろう。旅行者にとってすばらしい国ではあるが、独裁国家であることも心の片隅に置いて欲しい。街の至るところに、大統領の写真が掲げられている。人権侵害がＮＧＯから告発されている。ただ、独裁国家であるがために、世俗化がすすんだから、独裁を一概に否定できまい。公教育の場では女性はベールで身を隠さないし、女性の社会進出もイスラム諸国よりは進んでいる。

◇『地球の歩き方 オランダ・ベルギー・ルクセンブルク〈2004～2005年版〉』（ダイヤモンド社）

オランダ、ベルギー、ルクセンブルクはパリから鉄道で簡単に行ける。日帰り旅行も不可能ではない。ベルギーのレストラン・ガイドは役に立った。ホテルが混雑している時期にブリュッセルに仕事で行く必要があり、一泊しなければならなかった。インターネットで探しても高級ホテル以外はすべて予約がいっぱいだった。その際に、この本に掲載されているホテルに片っ端から電話をかけて、一つ割安のホテルを予約できた。インターネットを過信してはならない。こういう原始的な方法でホテルの予約をとる必要が時にはあるのだ。

◇『地球の歩き方 イギリス〈2004～2005年版〉』（ダイヤモンド社）

二〇〇五年七月にロンドンでテロが起きる一週間前に行く際につかった。地図がとても役に立った。ゲイ・パレードの取材でいったのだが、朝から天気はぐずついていて時折、雨が降った。ロンドンといえば天気の悪さで有名だが、身をもって感じた。

◇『地球の歩き方　北欧〈2004～2005年版〉』（ダイヤモンド社）

デンマークに行く際につかった。デンマークの首都・コペンハーゲンには市内を回れる自転車が無料で貸し出しされていて便利だった。デンマーク料理はとりたてて美味しいというわけではなかった。英語がほとんど通用するので旅行しやすいが、ユーロでなく独自通貨のクローネがつかわれているのは不便だった。

◇『地球の歩き方　ギリシアとエーゲ海の島々&キプロス〈2001 - 2002 版〉』（ダイヤモンド社）
ブックオフで購入した。年度が古かったがアテネ、クレタ島を旅行する上で不便なことはなかった。クレタ島は一二月だというのに気温が二五度近くまで上がり、燦々と照りつける太陽を浴びられ、新鮮な気持ちになれた。アテネのクリスマスは街のいたるところでイルミネーションがつけられ、美しかった。欧州都市の中ではアテネが一番私の肌にあった。

終章　留学して得られたもの

1　ぼくを惹きつけるフランス

フランスから日本に帰国して一年以上経つ。

「留学して何か変わったことはある？」

そう何人からも尋ねられる。

「世界が広がったね。日本とは全く異なるモノの見方を知ることができた」

「具体的には？」

と必ず聞かれるので、私は次のような話をする。

◆あなたはジョゼ＝ボヴェを知っているか？

二〇〇七年春に大統領選挙が行われ、決選投票の末、与党候補ニコラ＝サルコジ元内相が当選を果たした。トップ二位のニコラ＝サルコジ候補とセゴレーヌ＝ロワイヤル氏に関する報道が日本では大半を占めた。しかし、同選挙には一二人の候補が出馬していたのだ。立候補するためには国政議員や市町村議員、首長など選挙を通じて公職にある五〇〇人以上の人物が推薦の署名をしなければならない……という高いハードルが設定されている。サルコジ氏に対抗するために与党『国民運動連合』を離党して、二〇〇六年九月に出馬を表明したニコラ＝デュポン＝エニャン下院議員は全国に支部を持つ政治団体『立ち上がれ！フランス』の代表を務めていることから、立候補届けできると確実視されていたが、署名集めで苦戦した。けっきょく、エニャン氏を推薦したのは四四二名で、五八名足りず、立候補できなかった。

日本のメディアからは完全に黙殺されたが、候補者の中には、世界的に知られる大物の名があった。反グローバリズムの闘士として知られるジョゼ＝ボヴェ氏だ。フランス政治を語る人でボヴェ氏の名を知らない人はモグリだ。南仏のラルザック地方で酪農を営むボヴェ氏はこれまで数々の「蛮勇」で名を馳せてきた。

一九九五年には、ボヴェ氏はジャック＝シラク大統領が発表した核実験計画に反対して環境保護団体グリンピースの船「虹の戦士（Rainbow Warrior）II号」に乗った唯一のフランス人だ。ボヴェ氏らは実験に最後まで抵抗し、九月一日には核実験の中止を訴えゴムボートに乗ってタヒチのムルロア環礁核実験場海域に侵入した。ボヴェ氏らはフランス海軍によって拘束された。

◆建設中のマクドナルドを「解体」

彼を一躍、有名にしたのは、一九九九年八月一二日に行ったパフォーマンスだ。南仏のミヨ市にマクドナルドの店舗が建設中だった。ボヴェ氏はマクドナルドを「多国籍企業による文化破壊の象徴」と見立てて、建設現場に赴き、仲間と共に同店舗を解体した。このド派手なパフォーマンスはフランスのメディアで大々的に報じられ、ボヴェ氏は全仏で知られるようになった。ボヴェ氏はその後、逮捕され、二〇〇二年に三ヶ月の禁固刑に服した。

一九九九年には一一月三〇日から一二月三日に米国シアトルで行われたＷＴＯ（世界貿易機構）閣僚会議に抗議するデモに参加するため渡米した。同デモの参加者は数万単位に膨れあがり、シアトルは非常事態宣言や夜間外出禁止令まで出る騒ぎになった。ＷＴＯを「健康と食料、労働などあらゆる人間の営みに侵食する『執行権』『立法権』『裁判権』を兼ね備えた『市場原理主義の超権力』である」と断罪し、抗議デモに参加するボヴェ氏の英姿はフランス・メディアで取り上げられた。

二〇〇二年三月には、イスラエル軍によって「監禁状態」に置かれていたパレスチナ自治政府のヤセル＝アラファト議長のもとを同志五〇余名と共に訪れ、「人間の盾」になると宣言した。この行動は世界で報じられた。ボヴェ氏はイスラエル軍に捕捉され、国外退去処分となった。

◆ボヴェ氏の政策・主張

そんな数々の武勇伝を誇るボヴェ氏がフランス大統領選挙へ出馬すると宣言したのは、二〇〇七年の二月一日のことだった。新聞は一面で「ボヴェ、出馬」と報じたが、「五〇〇名の署名が集まるわけがない」との見方が大半だった。出馬時点で推薦を約束していたのは二〇〇名ばかりで、届け出が締め切られる三月一六日まで一ヶ月足らずだった。しかし、ボヴェ氏は「五〇四名」の推薦を携え、フランスの憲法評議会に提出し、無事、立候補できた。

ボヴェ氏は自らを「反経済的自由主義の左派統一候補」と標榜した。主張は明快で、次のような政策を掲げた。

ジョゼ＝ボヴェ氏

・失業者を大幅に減らし、雇用不安をとりのぞく。優先課題として取り組む。
・搾取の象徴である多国籍企業を規制し、遺伝子組み換えや原発に反対する。
・出身、宗教、人種、性別などによるあらゆる差別と戦う。警察による人々への抑圧・弾圧はすぐにやめさせる。
・民主主義の徹底を実現する。
・社会的権利が保障される新しいヨーロッパを建設する。
・規制緩和・自由化をとめ、南北の貧困格差をなくす。

出馬表明でボヴェ氏は

「今回の選挙は新自由主義に対する蜂起である」

「私たちはフランス国民、中でも伝統的な左翼支持層を信じている人たちに、いまの政治に変わる新しい政治が可能であるといいたい」

と強調した。そして、

「私の出馬は政党候補者のものとは明確に異なる。市民の力が結集したからこそ、出馬することになった」

と、「超党派」で選挙運動を行うと述べた。

ボヴェ陣営の選対幹部には『フランス共産党』や『緑の党』、極左政党『革命的共産主義者同盟』の活動家が名を連ねた。ボヴェ氏はジーンズ姿という普段着のまま全国を駆け回り、選挙運動を行った。

しかし、ボヴェ氏は四八万三〇〇八票（一・三二％）を得るに留まった。

◆フランス国民から愛されるボヴェ氏

長々とボヴェ氏の話をすると皆、おもしろがって聞く。なぜ、私がここで長々とボヴェ氏のことを説明するのか？　ボヴェ氏がフランス国民から愛されている人物だからである。著名人の好感度調査をとると、ボヴェ氏に好印象を持つという回答が約半数にのぼる。また、マクドナルドの店舗解体も半数近くのフランス人がどちらかといえば「共感できる」と答えた。

一九九九年八月一九日、ボヴェ氏はマクドナルド解体を理由に出頭し、拘留される。八月三一日、モンペリエ市の裁判所前で彼を支援する五〇〇〇人が抗議デモを行った。保釈のために必要な一〇万五〇〇〇フラン(約一七五万五〇〇〇円)は、「寄付をしたい」という申し出がフランス全国から殺到、アメリカからも寄付金が届いたため、すぐに集まった。しかし、ボヴェ氏は「安全な食品ときれいな農業の闘いのために必要なら、私は刑務所に残る」と表明。しかし、九月八日、周囲の説得に応じて保釈金を払い仮釈放された。

ボヴェ氏が「変人」扱いされながらも愛され、許容されるフランス社会がなんだか好きだ。日本でボヴェ氏のような人がいたらどうだろうか? マクドナルドを「グローバリズムの象徴だ」とブチ壊して一躍ヒーローになる……などありえない。まるで、喜劇だ。

日本という国はズレた人を排除しがちだと思う。イデオロギーに生きる人にも冷たい。

しかし、フランスでは一風変わった人が好まれ、とことんイデオロギーを貫く人が好まれる。頑固一徹な人気者をもう一人、紹介しよう。

◆好感度の高い庶民派オバサンは極左党首

フランスで「庶民派のオバサン」として好感を集めている有名人がいる。彼女の名前をアルレット=ラギエさんという。ラギエさんはリヨネ銀行の受付係として定年退職するまで働いた。いわば、普通の女性社員だ。その彼女がなぜ、有名なのかというと、フランス史上最多の六回も大統領選挙に出馬しているからである。一九七四年に三四歳の若さで初出馬して以降、毎回、立候補している。彼女は左翼の一派であるトロツキストであり、極左政党『労働者の闘い』党首である。彼女は演説の冒頭で必ず次のように呼びかける。

「労働者、同志、友人のみなさん」

この言葉は、若かりし頃にデモに参加したような、あるいはいまも労働者として闘っているフランス人の心をくすぐり、郷愁をそそらせる。

世論会社のひとつBVAが二〇〇七年一月二九日、三〇日に有権者九五七人を対象にして、ラギエさんに関する電話調査を行った。「個人的にラギエさんに好感を持っていますか、悪印象を持っていますか？」という設問に対し、五八％の人が「好感を持っている」と答え、「悪印象」と答えた人は二七％に過ぎず、どちらともいえないが、一五％だった。

アルレット＝ラギエさん

ラギエさんは初選挙では五九万五二四七票（二・三三％）を獲得し、二〇〇二年には彼女にとって最高記録の一六三万〇〇四五票（五・七二％）を得た。

穏やかな口調で魅力的な微笑みを浮かべるラギエさんだが、いまだにプロレタリア独裁による人民支配を政策として掲げている。日本では「過激派」扱いされるオバサンだ。それでも、その主義主張が一貫している姿が好感を持たれている。

日本人は持ち得ない不思議な感性をフランス人は持っている。
私はそういうところが好きだ。

◆多様な性が認められている

「多様な性の形」「多様な愛の形」がフランスでは魅力的だ。日本のように結婚のプレッシャーが強いわけではなく、単親で子育てできる制度が整備され、同性愛も許容され、性文化に対して寛容だ。

フランスの首都・パリ市長を務めるベルトラン＝ドラノエさんはゲイ（同性愛者）であることを公言している。パリ市民はそのことを承知で、彼を市長に選んだ。同性愛者であろうが異性愛者であろうが関係なく、市長として才能があればよいと、パリ市民は割り切っている。同性愛に対する寛容さを示す話を二つあげよう。

フランスでは『Têtu』（テテュ）というゲイ&レズビアン向けの総合月刊誌が、地下鉄・郊外鉄道のプラットホームや駅構内にあるキヨスク、街の雑誌売り場で普通の女性誌・男性誌と並んで売られている。その上、発売直後には街のいたるところに同誌の広告ポスターが貼られる。「頑固者」「強情」を意味する『Têtu』はポルノを載せない同性愛者向けの雑誌として一九九五年七月に創刊され、すでに第一〇〇号を越えている。二〇〇二年のフランス大統領選挙では同誌のインタビューに有力候補だった当時のジャック＝シラク大統領とリオネル＝ジョスパン首相が応え、同記事はカラー写真入りでデカデカと九頁にわたって誌面に掲載された。現大統領・現首相が堂々とゲイ雑誌に登場したのだ。

二〇〇四年秋には同性愛者向けのテレビ局『ピンクTV』が開局された。パリ市内の駅や街頭に、開局を宣言する映画のスクリーンのようにでかいポスターが掲示された。フランスでは「同性愛」が目に見えるものになっている。

未婚の夫婦も後ろ指さされることはない。二〇〇七年フランス大統領選挙で野党第一党『社会党』の候補に選ばれたのは、セゴレーヌ＝ロワイヤルさんという女性だ。一九七〇年代末から、国立行政学院（ENA《エナ》）で同級生だったフランソワ＝オランド氏と同棲生活を始め、二人の間には四人の子どもが産まれた。しかし、彼女は「結婚という制度に縛られたくない」という理由から「未婚」を通している。ちなみに、旦那のオランド氏も一〇年にわたって、『社会党』党首を務めてきた。フランス国民の中で彼女が「未婚の母」であることを問題視する人などごく少数だ。シラク前大統領の二女で、フランス大統領府で広報担当として働いたクロードさんも未婚の母である。国立統計経済研究所（INSEE）の発表によると、二〇〇五年に生まれた八〇万七四〇〇人の赤ちゃんの四八・三％が婚外出産による。つまり、約半分の新生児の両親が未婚状態なのである。

アメリカでは性にまつわる表現・文化はセクシャル・ハラスメントだとして社会から締め出されている。会社の上司が地位を利用して部下に性関係を迫るようなセクハラはフランスの刑法でも罰せられる。しかし、姓表現・性文化に対する規制はゆるく、アメリカ合衆国の性的潔癖さを「ピューリタニズム（清教徒主義）だ」とフランス人は心の底でバカにしている。米国のビル＝クリントン前大統領がホワイトハウスで研修生のモニカ＝ルインスキーさんと性的関係を持ったことが明らかになると、米国の世論は沸騰し、糾弾の嵐が吹き荒れた。クリントン氏は関係を認めて謝罪した。フランスのメディアは「大統領とて愛人を持っても非難されるべきではない」という立場から、米国の吹き上がりを冷笑した。婚外性交はあくまでヒラリー＝クリントン夫人との間で話し合われるべきもので、公で是非が議論されるような問題ではない。多数のフランス人はそう考えた。

あるゴシップ週刊誌がジャック＝シラク大統領が就任した一年後に世論調査を行った。「シラク大統領かその夫人に愛人がいたとすれば、あなたにとってショックか」という質問に対し、九割近くの回答者が「ショックではない」と答えた。

◆五週間のバカンス、週三五時間労働制

労働条件の違いも、私に「別の世界がある」ことを知らしめた。

一九九七年六月に下院議員選挙に大勝した『社会党』が他の左派政党と連立政権を組み、リヨネル＝ジョスパン氏を首相とする内閣を発足した。すぐに実行したのが、「週三五時間労働制」の実現である。労働者が一日働く時間は七時間のみ。朝九時に出社して一七時に退社するという労働者にとっては夢のような制度だった。ジョスパン氏の狙いは、超過勤務時間を削減することにより、新たな雇用を創出することだった。二〇〇二年六月から右派政権が就き、同制度は次々と骨抜きされていくが、二〇〇四年のフランス人の平均労働時間は三五・四時間で、労働者を対象にしたアンケートでは七七％が週三五時間労働を維持することに賛成し、超過勤務で収入を増やしたいと答えた人はわずか一八％にすぎなかった。「もっと働き、もっと稼ごう」という気概はフランス人になく、ゆったりと充実したプライベートを過ごしたいと願っている。

フランス人にとって大切な時間・場所は私的時間・空間であり、会社人間というものをまず聞くことはない。「働き、働け」一辺倒の日本とはずいぶんと異なるお国柄にカルチャー・ショックを受けた。年間五週間も休暇をとり、平均労働時間が週三五時間でも、国の経済が回ることに驚きを覚えた。とはいえ、「フランス人はもっと働こう」という右派政治家の煽動にのる人が増えてきており、スローライフを満喫できるシステムがいつまでも続くわけではない。

日本でも一時、「スロー、スモール、シンプル」（ゆっくり、小さく、簡素に）を標語にしたスローライフがすすめられたことがあった。だが、スローライフが実現するには、週三五時間労働制のような労働条件を改善する政策が実行される必要であり、残業にあくせくするサラリーマンに「スローライフ」を訴えたところで、空しく響くだけである。

五週間のバカンスが保障されていることも魅力的に思える。五週間はあくまで最低限の保障であり、会社によってはそれ以上の休暇を認めるところもある。たいていのフランス人は八月をまるまる一ヶ月、働かずに休んで過ごす。「人生はバカンスのためにある」というのがフランス人のモットーだ。

フランス人から何人もいわれた。

「フランスを観光で訪れる日本人はなぜ、びっしりつまったスケジュールであちこち周り、短期間しか滞在しないのか」

「日本ではフランスみたいに長いバカンスをとれないのだ」と説明して、ようやく、納得してくれる。

バカンスは一ヶ月単位でゆったりと過ごすものだと思っているフランス人には、日本の「観光ツアー」のような過密スケジュールの旅行がよく理解できないのだ。

◆「ストライキの国」フランス

フランスはストライキの国である。ルーヴル美術館がストで閉鎖されたり、エッフェル塔がストのため観光客が登れなくなったり管制官がストして飛行機が離着陸できなくなったり……ということはざらだ。あらゆる部門でストライキが起こる。

生活に直結するのが鉄道のストだろう。国営の鉄道では年に五〜六回、ストが起きる。二〇〇五年は国鉄による大規模なストライキが六回行われた。

ストライキが始まると、電車の数が減る。三〜四分に来る地下鉄が三〇分に一本、場合によっては一時間に一本しか来ないときもある。ストが激しくなると、電車は完全に動かなくなる。

いまでもフランスでは語り草になっているのが、一九九五年の冬に起きた大型ストライキだ。当選して一年も経っていない保守系のシラク大統領は、一四年に及ぶ左派系のミッテラン政権で培われた社会システムを改革すべく、まず公務員の年金制度に手をつけようとした。

しかし、フランスの組合側は当然、待遇を悪くする改革案を飲まず反発した。シラク政権は妥協することなく、新政策を断行しようとした。そして、九五年一一月二四日、鉄道労働者をはじめとする公務員によるストライキが始まった。

パリ市内の地下鉄・郊外電車・バスの労働者はストライキに参加したため、パリの交通網は完全に麻痺した。交通手段を失った市民が車を使ったため大渋滞。道路もまともにつかえない状態だった。市民は歩くしかなかった。

想像してほしい。東京都内で、小田急線・京王線・中央線・山手線・西武鉄道・総武線etcがストのためすべてとまり、バスもはしらず、営団地下鉄・都営地下鉄もストップ……という状態がパリで一二月一八日まで続いたのである。

電車の一、二分の遅れすら許さない日本人ならば怒るであろう。「利用者のことを考えろ」と。

しかし、世論調査会社ＣＳＡが実施した調査では、フランスの成人のうち五九％がストを支持すると答え、七四％の人が「政府は交渉の席につくべきだ」と答えた。公務員の年金改革の次は、国民全体の年金改革につながる……と判断したのだろう。

都内の全鉄道の労働者が年金改悪に反対してストライキに突入、交通網は完全麻痺……という事態を妄想すると私は楽しくなるが、日本ではまずありえない話だ。

ストライキが起き、電車が来ずにイライラする私だが、制度が改悪されようとするときに、立ち上がるフランスの労働者に対して畏敬の念を持っている。自分たちの権利をトコトン抵抗する姿はかっこいい。

2　もう一度、フランスへ行く夢

治安が悪い、社会制度が近代化されてない、役所の対応が悪い、フランス人は謝らない……などなど、フランスのマイナス面もちゃんと見てきた。それでも私はフランスが好きだ。

米国によるグローバリズムに抗う活動家たちのスローガンは「もう、一つの世界は可能だ」(Another World Is Possible) というものだ。

フランス滞在経験を通じて私が得たもの、それは「もう一つの世界があるのだ」という世界観だ。ジョゼ＝ボヴェ氏が英雄であり、極左政党の党首を務めるオバチャンが庶民派として親しまれ、結婚にこだわらない形のパートナーシップが形成され、同性愛者が許容される社会。正規労働者は週三五時間だけ働けばよく、五週間の休暇をとれる。政府に文句がある場合は労働者が立ち上がり、ストライキを起こす……。日本とは別の世界があることを知り、フランスと比較して日本社会を見ることにより、前よりも物事を冷静に見られるようになった。

フランスで得られたもの、それは友人であり、知人である。市井の人々から有名政治家まで多くの人たちと知り合った。いまでもメールで交流している。

何よりフランスで得たのは語学力だ。まだ、一人でインタビューできるほどまでに語学堪能とはいかないまでも、語学学校のテストでは私のレベルは「中級の上」だと判定されている。できることならば、私はもう一度、フランスに滞在したい。二〜三年、同国で過ごしたい。めざすのは語学を「プロフェッショナル」なレベルにまで高め、著名人・政治家に通訳なしでインタビューして記事にしていくことだ。交渉から取材、テープ起こしまで一人でできるようになれば、行動範囲はウンと広がる。会いたい人に遠慮なくアタックできる。

映画監督、作家、ジャーナリスト、政治家、様々な社会運動家など、サシで話したい人はたくさんいる。

私は再びフランス留学するため、準備を始めている。まずは語学力アップだ。

そのために、アテネ・フランセの「地獄の猛特訓コース」と呼ばれる『サンテティック』に二〇〇七年四月に通い始めた。最終ステージである第三課程まで歯を食いしばって、必死にしがみついていこうと思う。『サンテティック』で徹底的に叩き込まれたフランス語力を、フランスに行って教育機関で勉強し二〜三年かけて磨き上げ、フランスでも独り立ちできるジャーナリストなるつもりだ。

ホームページ・連絡先一覧

■日本国内

【フランス語学校】

▶アテネ・フランセ

〒 101-0062 東京都千代田区神田駿河台 2-11

03-3291-3391 ／ FAX 03-3291-3392

E-mail : info@athenee.jp

URL : http://www.athenee.jp/

▶東京日仏学院

〒 162-0826 東京都新宿区市谷船河原町 15

03-5206-2500 ／ FAX 03-5206-2501

E-mail : tokyo@40institut.jp

URL : ［東京・横浜・日仏学院］ http://www.ifjtokyo.or.jp/

【その他】

▶フランス政府留学局エデュ・フランス日本支局

〒 162-8415 東京都新宿区市谷船河原町 15　東京日仏学院内

Tel / Fax 03-5206-2520

E-mail : edufrance@ifjtokyo.or.jp

URL : http://www.edufrance-japan.com/

▶フランス大使館 Ambassade de France au Japon

〒 106-8514 東京都港区南麻布 4-11-44

03-5424-8800

URL : http://www.ambafrance-jp.org/

▶コモン法律事務所
〒 155-0031 東京都世田谷区北沢 2-9-19 植松第 1 ビル 201
03-5452-2015 ／ Fax 03-5452-2016
E-mail : common@common-law.jp
URL : http://www.common-law.jp

■フランス

【大学】

▶私立・リヨン経営大学
URL : http://www.em-lyon.com

▶フランス国立パリ第九大学・ドーフィーヌ Universié Paris Dauphine
URL : http://www.dauphine.fr/

【フランス語学校】

▶トゥール・ラング Tours Langue
36, rue Briçonnet 37000 Tours France
+33-2-47-66-01-00
E-mail : info@langues.com（日本語可）
URL :［Langues.com-Tours Langue］ http://www.langues.com

▶エルフ E.L.F.E.
8 Villa Ballu 75009 Paris France
+33-1-48-78-73-00 ／ Fax : +33-1-40-82-91-92
E-mail: contact@elfe-paris.com
URL: http://www.elfe-paris.com

▶リュテス・ラング LUTÈCE LANGUE

23, boulevard de Sébastopol 75001 Paris France

Tél/Fax : +33-1-42-36-31-51

E-mail : pagnon@lutece-langue.com（日本語可）

URL : http://www.lutece-langues.com

▶ ILF フランス語学院 Institut de Langue Française

3, avenue Bertie-Albrecht 75008 PARIS France

+33-1-45-63-24-00 ／ Fax : +33-1-45-63-07-09

E-mail : ilf@inst-langue-fr.com

URL : http://www.inst-langue-fr.com

【フランスで生活するために】

▶日本人会

97, AV. DES CHAMPS-ELYSEES 75008 PARIS France

URL :［在仏日本人会 AARJF］http://www.nihonjinkai.fr

▶パリ国際大学都市　日本館

+33-1-44-16-12-15 ／ Fax: +33 -1-44-16-12-29

E-mail : nihonkan.paris@netntt.fr

URL : http://maisondujapon.cool.ne.jp/

▶銀行——リヨネ銀行パリ・ピラミッド支店 Crédit Lyonnais(LCL), PARIS PYRAMIDES

20, avenue de l' Opéra 75001 PARIS

Tél : 08-20-82-36-89 ／ 01-44-58-94-33（日本語可）／ 01-44-58-94-23（日本語可）Fax : 01-42-60-11-55

月～金曜まで 9 時から 17 時まで営業（木曜のみ 9 時半から）

支店番号：00689

▶病院――アメリカン・ホスピタル American Hospital of Paris
63 Boulevard Victor Hugo, 92202, Neuilly sur Seine France
01-46-41-25-15（日本語）
Fax : 01-46-41-25-88（日本語）
E-mail : cellule.japon@ahparis.org（日本語）
URL : https://www.american-hospital.org/

▶滞在許可証――パリ警視庁 La prefecture de Police au service des Parisiens
http://www.prefecture-police-paris.interieur.gouv.fr
→ Prise de rendez-vous, étudiants étrangers

▶住宅手当――家族手当基金ＣＡＦ (Caisse d' Allocations Familiales)
URL : http://www.caf.fr

▶ H.I.S. パリ支店 International Tours France
URL : http://www.his-tours.fr

【情報発信】

▶パリ日本文化会館
101bis quai Branly 75740 Paris Cedex15 FRANCE
開館時間：火～土曜日 12: : 00 ～ 19 : 00、木曜日 12 : 00 ～ 20 : 00
（図書館は 13 : 00 ～ 18 : 00、木曜日は 20 : 00 まで）
閉館日：日・月曜日の他、年末・年始、夏期休日及びフランスの祝祭日
01-44-37-95-00 ／ Fax : 01-44-37-95-15

URL : http://www.jpf.go.jp/mcjp/

▶ブックオフ・パリオペラ座店
29-31, rue Saint-Augustin 75002 Paris France
01-42-60-00-66
営業時間：10:00 ～ 19:30（日曜、祝日は休み）

【通信・ニュースなど】

▶ Paris-Tokyo 通信（voyageurs au japon）
URL : http://www.voyjapon.com/paristokyo.htm
→ PARIS-JEUDI-TOKYO

▶フランスニュースダイジェスト
URL : http://www.newsdigest.fr/fr

▶ OVNI オヴニー（いりふねっと ilyfunet）
URL : http://www.ilyfunet.com

▶映画情報――アロシネ Allociné
URL : http://www.allocine.fr/

【その他】

▶ドゴール記念館
URL : http://www.charles-de-gaulle.org/

及川健二（おいかわ けんじ）

1980年、東京都生まれ。
ジャーナリスト、写真家。
早稲田大学社会科学部卒業。
写真家の今枝弘一氏の下で写真を学ぶ。
現在、早稲田大学社会科学研究科・政策科学論修士課程・国際経営論コース在学中。
月刊誌・週刊誌などでルポルタージュや、エッセイ、写真を発表。
著書に
『沸騰するフランス――暴動・極右・学生デモ・ジダンの頭突き――』花伝社、2006年
『ゲイ＠パリ 現代フランス同性愛事情』長崎出版、2006年
他
ポット出版のサイトでブログ『及川健二のパリ修行日記』を連載。
http://www.pot.co.jp/oikenparis

フランスは最高！――ぼくの留学体験記

2007年6月25日　初版第1刷発行

著者――及川健二
発行者――平田　勝
発行――花伝社
発売――共栄書房
〒101-0065　東京都千代田区西神田2-7-6 川合ビル
電話　03-3263-3813
FAX　03-3239-8272
E-mail　kadensha@muf.biglobe.ne.jp
URL　http://kadensha.net
振替――00140-6-59661
装幀――佐々木正見
印刷・製本――中央精版印刷株式会社

ISBN978-4-7634-0496-1 C0036